U1003297

青年诗人文丛

爬山虎骑士

卢鑫 著

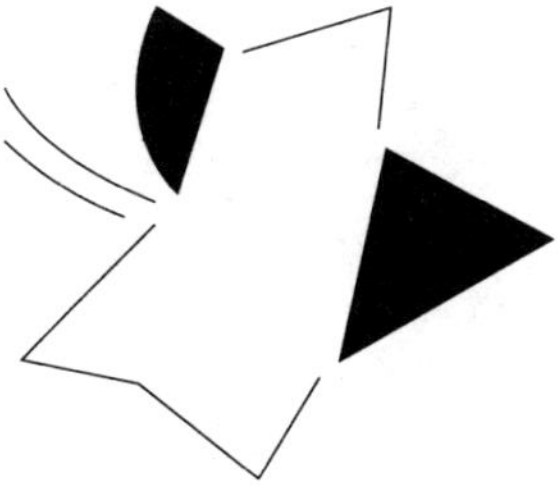

漓江出版社

图书在版编目(CIP)数据
爬山虎骑士 / 卢鑫著. —桂林：漓江出版社，2018.10
ISBN 978-7-5407-8512-3
Ⅰ.①爬…　Ⅱ.①卢…　Ⅲ.①随笔-作品集-中国-当代　Ⅳ.①I267.1
中国版本图书馆CIP数据核字（2018）第204547号

爬山虎骑士

PASHANHU QISHI

作　　者：卢　鑫

出 版 人：刘迪才
出 品 人：符红霞
策划编辑：陆　源
责任编辑：陆　源
助理编辑：林培秋　孙静静
装帧设计：周伟伟
责任监印：周　萍　黄菲菲

出版发行：漓江出版社有限公司
社　　址：广西桂林市南环路22号
邮　　编：541002
发行电话：0773-2583322　　010-85893190
传　　真：0773-2582200　　010-85890870-814
邮购热线：0773-2583322
电子信箱：ljcbs@163.com
网　　址：http://www.lijiangbook.com

印　　制：北京大运河印刷责任有限公司
开　　本：787 × 1092　1/32
印　　张：8.5　　字　　数：145千字
版　　次：2018年10月第1版　　印　　次：2018年10月第1次印刷
书　　号：ISBN 978-7-5407-8512-3　　定　　价：42.00元

目 录

第三辑　小骑士的幻象

*

代序
代声者多，审音者少

（一）

小骑士在清澈的溪水边漫步，冥想着一些纠缠不清的观念。终于，他踱进十一月立冬时期的菊花林地，缓缓燃烧的花朵在那儿枝叶蔓延。

他是采花贼、采花大盗、踩花小工。花儿在手中宛转落蒂，被雨露滋润，背篓与尼龙口袋大肚能容，偏有那义胆忠肝。恰雨霁经旬，菊篱初蕾，西郊数峰如画，秋光在浓淡远近间。视觉编织进很久以前某个夏夜的皓月流光。

视野中板栗树丛愁云郁结，厂房水汽如仙境。站在屋内，不知外面天晴、落雨，因为人和鸡鸭牛羊都呼出白色的气息。

火光，微弱地跳闪吧！花儿们，一朵接一朵，躺在筛子里，炙身水火。汗青尤烈。

小骑士心不在焉，在醉，在深思。沉思与水相连。他依然故我。故我折起招展的花枝就开始写作，把多情应笑我写成新我。

（二）

于是我坐到万三中的乒乓球台。来自风中并期待爱情的女孩们正躲藏在散发着雨后陈霉的角落细数悲欢黎明与遥远冻泪。笛音舒服地从校园喇叭中慢悠悠缓悠悠地发出来，岁月的味道在飘忽，像一缕轻烟，有很多层面，包含童年与青年时代的无所畏惧。

我端起开水，摇荡冲剂，像海德格尔摇荡乡愁。我身患感冒，狂打病毒性喷嚏，却不自怨自艾，而是充满稚气，通过神圣光荣的注意力晃里晃荡，沉迷于眼前每个人复杂的表情。扫视着操场某个角落，四处寻思，静定渊默，依然不可遏止地像泄漏潘多拉魔瓶那样将思绪开瓶，令其走气，以往的东西都已经走气，又很快装满新的芝麻玉米高粱稻米陈年老蜜。我有点心旌飞曳，因此自后走街串巷，似乎拥有亚伯拉罕那么强烈的胸脯。遇见山城中挑担提筐者，他们手托隐形的天使，怀揣着宝贝。我脸皮极厚，头重脚轻，咳嗽声被肉铺的砍刀声吓住。爬山虎抛弃了我。但我撞见一个小女孩，她的眼睛如猫那样灵动。

顾虑就这样烟消云散了。我始终还走在太白路。好了，别再用唐朝的浪漫去遮掩了。生活是具体的。

（三）

开饭吧。肴膳多是诸花，而香气达于内外。

（四）

“人在世间，如何能不受人恩？”

袁先生接过一块五两个的肉包子，连连叫烫！索性就仰头一口吞，过屠门而大嚼：“君子贵德，其次务施报，圣人才不讳。”

“可是先生，德不就是‘得’吗？”

“那就感赖天恩祖德嘛。”

接着便是散发着少女光泽的明月。第二夜则变成敲打雨篷窗的高寺山夜雨。转弯处有机器轰鸣。

你眼睛盯着飞蛾飞过的灰色空间，偶尔动动身子，把窗外滴答声推远、关闭。改变一下坐姿，移动一下跨在一起的双膝，而后是长时间双目圆睁，进入冥想，神秘无比。

雨水滴响的夜晚一切都清净了。雨夜吻了所有地方，所有人，男人，女人。雨夜，吻处溅落哀愁。神色倦怠的母亲们挑拣花穗，日日夜夜，无穷无尽。

花儿们在烘烤箱中饱满，日坐愁城。“总有一天，连同自然的威力，也要对此俯首屈膝。让月亮地的江波永远记住它古代的困惑、折服与敌意，再不用挑动枉然的刀兵，惊扰永恒的梦。”

情若风雪，或旷日不至，一动辄颠覆。

你要睡了，为了做梦，也为了醒来。你要醒了，洗好的衣服稳稳当当挂在庭院里，屋后有山羊摇铃。

第一辑　骑士之歌

一、反风起禾

我剥开析取一个橘子，第一辑就以此开始。黄柏太苦蔗太甘，盛时文字忌新尖。从现在起，我要把书桌搬到自然的庙宇里。用狂野写作，让意识随物赋形。还是老朋友杰克说得好，如果你没有说出你想要说的话，那么写作还有什么意思?

晚上八点，我洗洗刷刷，穿戴整齐，电梯，楼梯，我独立，我夜起，急匆匆跨步中关村东路狭窄的小道，穿行三个路口，来到知春路站。我一直站到北京西，把这本《杜鲁兹的虚荣》贴在胸口，将唯一财产——咖啡罐别在腰间，仿佛那是我的专用烧酒瓶，或者左轮手枪。我面对摇晃的车窗学习杰克的橄榄球以及他的沃尔夫。如果要这样算，沃尔夫应该是我的师祖，他告诉杰克一切，杰克又将一切纠结成团告诉给王师父，王师父再用他的微光照亮我。沃尔夫那密西西比河水一般的诗性句子，萦绕在我的耳畔，这让我想到我的长滩河、沿渡河、磨刀溪、盐水溪、那一江水，他的句子浪淘淘卷起杰克对洛厄尔的理想记忆，也唤醒我把脚下的江河大地看成一首诗歌，而不要把它看成是一个艰苦奋斗流血流汗名来利往荒诞冷漠的腐朽国度。这位黑眼睛美国小说家沃尔夫、这位蓝眼睛法裔加拿大散文家凯鲁亚克、这位光头的顶级汉语诗人王师父，令我想流浪，想写作，想醒之，想醉之，想去确认、去证悟真实现实活生生的中国：从来没被这样说，从来没被这样写的中国。“对于长江来说，北京只是一个偏远小镇。”他们充满热情饱含灵魂的段落，你可以一遍遍反复阅读。你肯定知道，你能点出名字的活跃人士中没有几个是有热情有灵魂的。

我甚至已经习惯背着沉重而温洁的《诗经》《圣经》以及其他所有伟大书籍以及我的简陋写作本，吃的泡面，咖啡罐“奶瓶”，去任何地方参与正在发生的事件。在燕山山脉深处的村落，在怀北，在皂君东里，我有时透过八十年代的老窗，像一只老花猫那样，看河南工匠围炉翻炒四季豆，烟烛滚滚；或者看等客的风尘女孩独自面对电视。于我而言，这些全是我之前从未见过的奇异人群。

我听车厢里的身边人说话，不放过他们随口而发的任何一句优秀表达。我竖起耳朵遍闻，知道现在有个老阿姨坐过了站，“我不懂。我没坐过这种车，晓不得在阿答儿下车”。我为她担心，她能找到她的洛阳吗？我拿起笔乱画，往来于不少地方，观察这个新世界的每个角落，向所有人学习。为什么没有人突然袭击我？揍我？抢我？向我兜售毒药？所有这些车中人、窗外客、风尘女都看到了什么？他们看到一个少年刚刚开始文学自觉，胸怀纯真诗篇，怀揣伟大文学梦，自诩为“骑爬山虎的骑士”，比堂吉诃德更加狼狈，正当着他们的面在光天化日之下在阳光普照之下乱涂乱画，并强以为“写作”。反正我的样子一定古怪，因为我连自己写的字都辨认不出了。反正我身上也没什么钱，脸上只有天真。

窗外樱桃花急速闪过。先知告诉我，不通于自然者不足以言道，暗于昭昭者不足以达明。现在，我有时间撰写宏伟的爬山虎传奇。

（一）

这个冬天，如同荒凉峰之夏，如同达摩的面壁，我内思安般，一数，二随，三止，四观，五还，六净，七咳嗽，八打针，游走出入十二门，包括我家所有老门，禅定拱默，烤火喝汤，山停渊淡，神若炭灰，端坐了一个月。

很多问题迎刃而解。事简则不扰，不扰则神明灵，神明灵则谋虑审，济治之务于是成焉。偶尔一空，居然可以知音。爬山虎骑士，悟吗？孤身豁然吗？风吹竹林！

这个冬天，我只专注于形象。恍惚变化，分身散体，或存或亡，能大能小，能圆能方，能老能少，能隐能彰，蹈火不烧，履刃不伤，在污不染，在祸无殃，欲行则飞，坐则扬光。月亮地只不过是我家门前一座小山，但是我在学习像魔法师一样让它绽放成一个丰满世界。挑盐的形象，战争的形象，回家的形象，以及我那位伟大的燕子曾祖母。我将永远对祖先的生活引以为傲。祖先住长江头，我住长江尾，日日思君不见君，共饮一江水。

去年我就开始顿悟：今夜旁敲我眼睛的星光，正是你那年尖叫呕吐低吟时发出的。邈若山河，却只隔眼皮。只隔眼皮，却能继续敲打未来的眼睛。

广陵散从此绝矣，但烟炉凄惨的城镇中心，说不定还隐藏着你永恒的命运琴谱。

声无哀乐，却可听出哀乐。

所以，仲尼闻师旷的弦，识出文王之操。所以，沿爬山虎顺蔓摸瓜，我相信也能与先知接近。所以，先知的律法一笔一画都不要删去，倒还要成全。当然，你也能以萤烛之见，疑三光之盛；芒隙之滴，怪渊海之量。这只是每个人的基本自由。

可天籁发音，风吹万窍。风停了，声音就消失了。能怪天吗？在自己那蜘蛛的深居，任何一个蛛网设计师都认为自己是敢作敢为，当它悬挂于自己的唾丝。蛛网的艺术设计师都以自己的艺术创造而自豪，那几乎没有重量的图案，简直迷住了人们的心窍。

难曰：何为以千步所昧，还疑百寻之毫？

答曰：处今视昔。在此忆彼。

（二）

蔡家坡在下雨。华山在缓缓移动，有柳条的垂青，也有山花的堕泥。这时，维吉尔对我说，万事都堪落泪。

宝鸡在下雪。玉兰花瓣摇摇欲坠，桃花雪在荒野。红叶痛苦飘落，随后古老银色冬月悄然而至，带来腊月更加清淡的韵味、正月更加灰色的天空，你能闻到二月春雪的味道。

黑色运煤车敞开车厢，临时靠站二十分钟，便呼啸前去，满载一筐白雪。

秦岭被白雪覆盖。要不是隔着窗户，这些漫天飞舞的白蛾定会像盐水神女勾引廪君那样，“盐神暮辄来取宿，旦即化为飞虫，与诸虫群飞，掩蔽日光，天地晦冥，积十余日”，把我淹死。

接下来列车冲破秦岭飞雪，我觉得它能够一直飞向北极。

卢梭在山中写信，谈到神迹都源于强大的信心。《明佛论》里也说到，黄帝纵辔升天，虞舜龙潜鸟飏，周公反风起禾，孔子绝粒弦歌，是由穷神为体，所以神功所应，倜傥无方，感灵而作。

正如老子的恍惚之境。如梦幻，如影响，如泡沫，如水月。摸不着就不存在？感受不到就不应该？

隔世如隔云，拨开便重聚。由此我更加喜欢“弘明”之说，而非获取知识。故佛经云：一切诸法，从意生形。即悟。即吾心。

信神迹，倒不如信自己，信心。向内求，神迹也就不神秘了。对此蒙卦已经说得很清楚了：匪我求童蒙，童蒙求我也。

这是不是中国思想与亚里士多德形而上学的不同之处？如果忽略整座车厢，我踱步的样子，仿佛被隐形人猛扯似的，正在山水间急速游走。

“不是手中没有酒，只是酒肉穿肠也不解愁。不是心中无明镜，只是善恶难分清。不是富贵有多美，只是有人为它醉。不是江水不向东，只是我们心不同。”

临时靠站后，我双手叉腰，目光越过众人脑袋，往外看去：月台上的静女像四月成熟的雪花桃，越来越秀色可餐，天哪！谁还有心思待在沉闷的实验室去研究我的破气球怎样扭转变形，怎样划分有限单元？

（三）

处于悬而未决的时刻，那就来写作。我把书放在金龙旅店，随后夹着我自己编集的《汉语诗歌总编（从先秦歌谣到初唐四杰）》，去网吧，在那儿时消遣的孤独乐园里继续写我的故事。我瘫坐沙发，修改《月亮地》，力图将它变得很清爽，没有一个废句子。随后我把腿翘上桌子，开始与常说一起去求衣食，去找活路，去搞副业。我预感到大月亮的死期将至，为他悲哀。之前大概写到第五章的时候，我就已经沦为一个执笔者，与所有人物一起独自生活。他们的命运发展以及我的命运发展都只是天意，随我们的天性而去。我常常做不了改变，常常无能为力。因为所有人都疯了。

这是个洁净的小城，有很多面馆、和蔼的三轮车老人、活像四月樱桃的少女。我和一个哥们儿走了大半座城才找到火车站。从松垭镇回绵阳市区的26路车实在太不好遇！

时光倒回下午。我像海德格尔似的为评委老师们展示我的气球扭转变形，可其中一个老师打断了我，叫我玩办公软件，问我多媒体设备由什么组成。我想起他们即将把我放在这里既做教员又做辅导员却只付一份多工资，于是我对自己说：松垭不适合人类，也不适合野兽。

现在我回成都，去找海儿借宿。车窗外油菜花披在大小山陵的袖口、脖颈、脸面、头顶。昨夜我从网吧出来，胁下夹着书，穿过冷火秋烟的花园小巷，偶然听见一个路人说：“好冷啊！”只见我像老朋友那样侧身，回答道：“秦岭正遍地落雪呢。”

我又学会了一种技能：杰克式新闻记录。他有强大记忆力，即便五十年后再写当年的故事都能以假乱真，让你根本分不清这是回忆，还是新闻。他是从海明威那里学来的。比如，“迈克，身材极小，智力发达，憎恨所有法西斯。在摇晃的日用织品商店打铃”；又比如，“我们没被吓坏，我和一些小伙子跑到楼上工人们睡过的旧宿舍，用能够看得见的八百张床铺上的所有枕头，开始了一场枕头打闹大战。轮船在黑夜里隆隆航行，黑暗的船上羽毛漫天飞舞”。——黑夜不适合人类，也不适合野兽。

尽管我还不太熟练，但至少知道该怎么做了。等着瞧吧，朋友。

其实，你知道，司马迁先生早就拥有这种能力。这方面他是语言之王。加上汉语没有时态的束缚，杰克的把戏就变得不怎么稀奇了。德阳油菜花与河流、桥梁、高站台一闪而过之际，我们来看看老祖宗是如何做到的：

“窦太后好老子书，召辕固生问老子书。固曰：此是家人言耳。太后怒曰：安得司空城旦书乎？乃使固入圈刺豕。景帝知太后怒而固直言无罪，乃借固利兵，下圈刺豕，正中其心，一刺，豕应手而倒。”

还有：

“齐侯与蔡姬乘舟于囿，荡公。公惧，变色。禁之，不可。公怒，归之，未之绝也。蔡人嫁之。四年春，齐侯以诸侯之师侵蔡。蔡溃，遂伐楚。楚子使与师言曰：‘君处北海，寡人处南海，唯是风马牛不相及也。不虞君之涉吾地也，何故？’”

春秋笔法，微言大义。

杰克念念不忘他在海上洗刷锅碗瓢盆的荒凉经历，总会提到一个名叫“光荣”的黑人厨师。纳博科夫有部作品也叫这个名字。但我更喜欢杰克的“光荣”，因为他与司马迁先生的“孔子曰，殷路车为善，而色尚白”异曲同工。

精神的相遇。除了文字方面，还有“与朋友信也”！一个为朋友出面说话而遭宫刑，一个为朋友消除证据而被捕入狱。正如为吕安出头命丧于市而绝断广陵散的嵇康先生，为朋友葬礼出面呵斥起哄者而被暗杀的闻一多先生。

我读着《史记》《弘明集》，火车咔哧咔哧，正飞驰于广汉平原。

（四）

给海儿养的狗狗“桃子”当了一上午保姆后，我在沙发上打坐，静思默想，接着放开手准备试讲课件，拿出我五年前学生时代的笔记本，和十九岁的我来一场课堂讨论。

他说，白字黑字都写起的，你有什么可说？

我说，为何我从不记得我当时做了什么？

他说，神故非质，形固非用，不得为异，其义安在？

我说，名殊而体一也。

不经意间，时针已经远远甩开我好几个钟头，去往下午五点半。小希、海儿买完马桶凯旋。小希用布娃娃逗桃子，桃子异常兴奋，时而张牙舞爪，时而佯狂长嗥，时而软耳像脱兔，嘴里舌头猩红，卷曲毛发潇洒轻盈。小希将布娃娃扔远了些，降落到我的键盘上，桃子便如同蛟龙一般拼命追赶，完美的捕捉展现出她的惊人技艺。与此同时，小画家的脚趾拿捏自如，准确无误，按住我的重启键。这一历史事件成功向世界宣告：我的未保存文档全部归零。

于是，再来一遍。

第二天，我们到鸡毛店打尖，啃食千斤重的大萝卜。随着车窗外樱花变幻，我又准备住回文星镇，找到以前住过的那家旅馆。司机舌头转得很快，才干三个月，就已经接了两千多单。年轻时候的梦想是当一名司机。开了五年长途货运车，去过甘肃、新疆，陪伴他的是黑咕隆咚的煤炭，白若霜雪的棉花，半夜在国道上蹦跳的小松鼠、大野猪，以及一瓶小酒。后来在川大后勤洗了三年菜。为了自由，现在又辞职出来单干。憎恨被校领导亲友密布的后勤集团，以及所有关系网。

羁鸟恋旧林，池鱼思故渊。我们达成共识，诚哉是言啊！诚哉是言哪！所以，我住回这家老旅馆，再次证悟了陶先生的先见。

（五）

太史公说得比我好，他说：天道恢恢，岂不大哉！谈言微中，亦可以解纷。为了给你指出正确的道路，他用孔子的话补充说：六艺于治一也。《礼》以节人，《乐》以发和，《书》以道事，《诗》以达意，《易》以神化，《春秋》以义。

我越来越清醒地认识到我的文学之路。人弃我取，人取我予。不与孤高自傲五谷不分的文学青年为伍，不与学院老蜘蛛打交道。即便我的作品在他们眼里只是废纸，我也只走我的康庄大道。前天下午与海湘、小奇谈到很多写作者心术不正时，我又想起王师父的话，那是灵性导师曾对他说过的话：想做高人是一种罪过。我从不妄图做高人，而只想做低人，做一名学生，向真正生活于这片土地的各种优秀灵魂学习。单写作方面，我就一直在向他们学习各色自然而生动的“高级”汉语表达。昨晚与延瑜坐在明远湖边谈到表达，或许我那欣喜若狂的表达并未收到好的效果。但我更加确信“身体力行”。

因为汉语只向那些对祖国人民有赤子之爱、有透彻了解，并且感觉得到我国大地内在美的人，才毫无保留地展示出它名副其实的魅力和丰富多彩的内容。凡是存在于自然中的一切：江河、空气、天空、白云、阳光、雨水、树木、湖泊、草地、沙漠、大海、丘陵、田野、鲜花、草坪，在汉语中都有大量传神的字眼与名称。为了掌握汉语丰富多彩而又含义确切的语言以及文字，我们应当阅读孔子、司马迁、曹雪芹这些熟稔大自然、精通人间语文之大师的作品。除此之外，我们还拥有一个主要的、永不枯竭的语言源泉，那就是人民本身：农民、船夫、牧人、猎人、渔夫、工人、手工业者、盲眼艺人以及一切饱经世故的人，他们不开口则已，一开口无不字字金石。他们揭示着汉语最深的根源，也概括了自古以来人民的全部经验和人民性格中的全部诗意。要想充分掌握汉语，要想不失去对汉语的敏感，我坚信不仅必须经常同万种人交往，而且还必须经常去接触天地山川金石水土草木虫鱼、鸟儿的鸣叫和枫杨树下每一朵晃动着脑袋的花儿。我在通过眼耳鼻舌身意，重新学习很多汉语。

言不可极，极之而衰。汉语正在水土流失。和鲁隐在历史长河边闲谈时，我反复提及自己以前写过的一个句子：所有河流滔滔都向东奔去，它们侧着身躯写出最孤独的绝句。我们用拼音、用翻译拼音的同时，好汉语正面临丢失的危险，然而到处都是启示：优秀的汉语文学所蕴含的不仅仅要有准确性，要有开朗的心灵和宁静，所谓“思无邪”，而且还要充分体现汉语的魅力。所以我越来越放空自己，尽力去收集、学习，把它们贯通到诗歌中、小说中，让祖先复活。我在努力。

夫唯不争。我也越来越不想与人“谈诗论艺”，而只相信有诗为证。

那就有诗为证吧：

长桥篇

在长桥上越走越慢，几乎走成蚂蚁，如同钻进隧洞的列车永不现身。

我骑着眼光钻进湖中，藕一样生长，鱼一样沉潜，水一样赋形，音乐一样捏耳。

许多指头寻找丝弦，经过根茎，找到荷花、金缕梅和七舍六楼二号窗台。

（六）

真，仙人变形而登天也。真人往往不轻易露相。所谓真人者，性合于道也。故有而若无，实而若虚，处其一不知其二，治其内不识其外，明白太素，无为复朴，体本抱神，以游天地之樊，茫然彷徨于尘垢之外而逍遥于无事之业。他们大多都是被褐怀玉者。很多人喜欢批判这个国度怎样怎样，未来道路如何如何，甚至诅咒。我不敢苟同。因为我坚信真人存在，就在我们的日常生活中，或许是一个挑夫，或许是一个孤寡老人、一个卖菜的。他们或许没上过学，或许身体残弱，土里土气，但他们往往具有道破真谛的能力。你能想象一个半盲的中学清洁工是抗战英雄吗？你能想象敲锣打鼓的老先生是地下工作者吗？你和他们聊天时，他们说得最多的一句话是“我没得文化”。

然而，他们日用而不知，自己竟然是文化本身！

一个挑盐老人给一座山命名为“天上”，一个风水先生看出村子的地势为“鱼背”，其实要比知名诗人学者写出的浩繁著作还要有意思。

遇到真人时，你，卢鑫，还敢不谦卑，不惭愧，不虚心吗？

（七）

美言可以市，尊行可以加人。君子相送以言，小人相送以财。

孔子到周去问老子礼时，老子对他说：“子所言者，其人与骨皆已朽矣，独其言在耳。且君子得其时则驾，不得其时则蓬累而行。吾闻之，良贾深藏若虚，君子盛德容貌若愚。去子之骄气与多欲，态色与淫志，是皆无益于子之身。吾所以告子，若是而已。”

嵇康辞别孙登时，孙登对他说：“子识火乎？火生而有光，而不用其光，果在于用光。人生而有才，而不用其才，而果在于用才。故用光在乎得薪，所以保其耀；用才在乎识真，所以全其年。今子才多识寡，难乎免于今之世矣！子无求乎？”

司马迁见父亲司马谈于河洛之间，太史公执儿子手而泣：“汝复为太史，则续吾祖矣。余死，汝必为太史；为太史，无忘吾所欲论著矣。”

而杰克送我的，不是“为人类悲哀吧”，也不是“那样做太讨厌可笑了”，而是：汉语诗人应该坚实于中国文学，对其他人的想法、言论有柔情似水般的好奇心，几近母亲似的关切，孩子似的游玩，因为“我是我”而感到惊诧。

太史公年十岁就诵读古文，二十而南游江、淮；上会稽，探禹穴；窥九疑，浮于沅、湘；北涉汶、泗，讲业齐、鲁之都，观孔子之遗风，乡射邹、峄；厄困鄱、薛、彭城，过梁、楚以归。于是迁仕为郎中，奉使西征巴、蜀以南，南略邛、筰、昆明，还报命。

今夜旁敲我眼皮的星光，都是先辈们凝眸过的。“述往事，思来者”的谦逊来自天恩祖德，我想，这应该是对我最切肤、最深刻的文学教育。

要觉悟只能来自内心，沿着灵性的古道，倾听伟大的声音。

相传达摩东来时，只是面壁。慧可去看他，问如何得心安。达摩说：“将心来，与汝安。”慧可言下有悟，遂开此下数百年禅宗。“以其人之道还治其人之身”已经被我们用坏了。其实，一如慧可反身一问己心，因而大彻大悟，“寻孔、颜乐处”何尝不如此！人生真理，本是俯拾即是，反身便见。整部《论语》都在拂尘，都在传道，以己身自治其身。力行有得，境界自到。并非指导我辈在观念或者哲学上如何做思考与研究。“志于道，据于德，依于仁，游于艺。”有真行乃使有真知。当如听孔子耳提面命。

教育与宗教不同。宗教也是教人做人，但宗教先重起信，教育则重开悟。信在外面，悟在己心。风月在外面，吟弄则须在自己心情上。外面尽管有好风月，己心不能吟弄，则如临旱汛。“格物、致知、诚意、正心”“修身、齐家、治国、平天下”，身、家、国、天下，都是实际人生，但都在外面。格、致、诚、正在内面，更实际。内圣外王，本末结合，一以贯之，先生者们这样教育我们。《易经》曰：“果行育德。”万物并育而不相害，道并行而不相悖。大得敦化也！化则由外向内，育则由内向外。所以说，参天地之化育，才是中国文化的大精神。

难道这些都只是治文、治史的笨蛋们钩沉稽古，作为一套博闻碗筷的吗？

“想想那些文学界、思想界的蜘蛛吧”，他们故弄玄虚，告诉我们生命和它的价值多么荒诞，人性多么复杂，世界多么渊暗，使用那些精挑细选的概念、术语、符号，言语中故意充斥着欲盖弥彰的陈腔滥调，他们口吐文饰，笑意泛滥。

对此，子只好曰：我欲载之以空言，不如见之于行事之深切著明也。

在曾经的大学校园外绕围墙静走，因为我拿不出证件而被拒之门外。和四年前一样，左边是呼啸的车阵，右边是学生时代的青春，我开始思考自己。世界上城里的知识分子远离家乡亲人们的血脉与拥抱，他们只是些流离失所的孤儿。为何我们不反思形而上学？

我曾经在校门口与刘洋一起摆摊卖伞，站在风里。日光之下无新事，雨水之中也无新事。走到同样的地点时，雨在天外，那些伞早已被或阻挡、或浸透我们的雨冲散，而今它们在哪里呢？

二、牛　衣

（一）

这两天，我把书桌安放在上官茶府。见了晓飞，这个遵从朱子的少年。我们在很多方面有共通点。

我谈到大二时不经意间听丁元军先生提到“钱穆先生说，要对历史有温情与敬意”——就这样一句话，我开始蒙受祖先的恩泽。

他谈到某次坐校车，对丁元军先生说自己每天都会给家里打电话。只见丁先生充满笑意地不住点头。

在思想上，虽然我更偏重王阳明先生，但我们都是看重“本”的人，都笃信“本立而道生”。

汤用彤先生的《魏晋玄学论稿》开门见山：玄学之争，实乃本末之争。其实，目前我们能遇到的争论有多少不是本末之争呢？

“我不搞历史，还有一个原因，”晓飞说，“就是总能闻到一股葛兆光味。”

“他也算一个‘异类’，”我说，“不过，对我的味。”

“魏晋那批人太自私。为求通脱，把社会搅得多么乱！”晓飞说。

“艺术家从来不管乱与治嘛。”我说。

尽管我是司马迁忠实的学生，看万事只看品质，然而又有什么是不能批评的呢？

我们绕着运动场走，谈到恋情与朋友。连恋情都经营不好、与朋友信都做不到，何谈未来……在这一点上，我俩是需要握手的战友。

“很多人说这边条件不自由，那边条件不成熟，等待戈多却从不认识戈多。”

“其实束缚与自由是一体的，正如理想与现实。”

他说，朱子曾说，三十岁前读有所悟，三十岁后读有所固。我说，艾略特与宫崎骏也这么觉得。

与这样的晓飞相遇是必然的。也不可多得。于是言语之节，声音之度，揖让之仪，动止之数，进退相须，共为一体。

（二）

成都三月归正好，明远湖边纯是花。西府海棠迎来它们的季节。蜜蜂们千里架飞，在梢头奏响交响乐。现在，我和鲁隐正跨步大榕树岛。

“还是以前，有你们在的时候，自在！”

这应该是我第一次亲耳听到被我们称作“夫子”的鲁隐抒情。心本软，见风入尘则硬。他的心软得像湖水。他拍花，叹息马蹄莲被摘，说湖水回退，并且偶然插道：

“年前我爷爷过世，我回去守了几天夜。”

我觉得很惭愧，朋友这么些年，这会儿我才问他家里有没有兄弟姐妹。想起以往，他从湖南家乡摘了杨梅，为我们带来梅子酒，可我从来没问过他有没有兄弟姐妹。

来时歧路遍布天涯，梅子酒也只能自己醉呀。

另外，说起我的诗歌，“周围这么多写诗的，从没读到像你这么纯真、努力的”。“我非常惊喜，我说，我的诗歌就是为了献给我的亲人、朋友，我的缪斯妹妹。”

“其实，祖先也曾如此沉醉过。”有诗为证：

马蹄莲篇

马蹄印被新雪覆盖，我们从冬天消隐，坐到大榕树岛喝酒、饮冰。

没得杯子，取马蹄莲盛。没得音乐，挖藕丝弹琴。

要是连新雪和冬天都没得？

那就等西府海棠千树万树打翻黄叶。

满目的说白竟是白说的心情。

你瞧啊瞧，整个天空清澈见底，直至星星也回看你。

天哪，我在哪里？我啊，天在哪里？

（三）

昨日一花开，今日一花开。今日花正好，昨日花已老。

始知人老不如花，可惜落花君莫扫。人生不得长少年，莫惜床头沽酒钱。请君有钱向酒家，君不见，马蹄莲。我走在江安，发现《年代野说》已经流落于旧书摊。我竟然还花五块钱，把它给买了回来。

晚上读到鲁隐关于余英时《论天人之际》的读书笔记，我感觉他比这本书说得还清楚。由此我想到《士与中国文化》。

为何余先生会将“中国文化”切割成无数时间块、思想块，并将其交叉连线，再从中提炼出一张网来？虽然以前钱穆先生没有展开，但他已经简明地述过“士”了。——会不会，这就是创作者与学者之间总有的一道老死不相往来的鸿沟？

孔子对我们曰过：述而不作，推十合一。

卢梭对我们论过：若要搞清楚人类的不平等，就得追本溯源，探讨其起源与基础。只有这样才不会在本末之争的喋喋不休中气急败坏、歇斯底里。

所以，或求之于外者，失之于内；有守之于内者，失之于外。譬如本与末，从本引之，千枝万叶，莫不随也。

所以，未能有摇其本而静其末，浊其源而清其流者也。

钱穆先生举例子说，比如读中国文学，等于跑进一个大会场，座无虚席，但一个都不相识，这有什么趣味，还不如找一两个人谈谈心。我们跑到菜市场，也只挑喜欢的买几样。你若一日看遍洛阳花，看一整天，每样看过，却头昏脑涨。学问如大海，鼹鼠饮河，不过满腹。所有喝的，只是一杯水。然而最好能在上流清的地方去挑。若在下流浊的地方喝一桶浊水，会喝坏肚子的。

所以，时间的线性发展已经不能用来解释思想文化了。

我以为，研究者无形中采取分类与发展的切片正是蜘蛛网盛行于世的根本原因。

他们不会天问——日月安属？列星安陈？造分天地、化成万物之初，一个人为何会有心，两个人为何会有“仁”？人为何会说话，就有了“信”？“文”以错画，何以“化”人？五行之秀，实天地之心，心生而言立，言立而文明，自然之道耶？“道”立于“一”耶？有“得”才有“德”耶？

我以为，巫术、政治、经济、科技只是时间更替过程中盛衰阴阳用来拄的杖，而并非腿。腿都不知道往哪里去，干讨论拐杖何用？你如何得知，终有一天，邯郸学步者会不会扔下拐杖，自己行走？

内求与外应本如刀刃刀背，万物浑然一体，又各自独立，何以只顾移花接木？

（四）

傍晚时分，雨中穿过九眼新桥，到陈晨家去吃晚饭。想起那年五一假在文殊院体验寺院生活，跨出大门时也在下雨，我和月儿全身打湿，仿若山木。

现在，我撑着伞，慢悠悠地走，调匀鼻尖呼吸，开始尝试经行。想象自己不存在，全部精力集中于鼻尖。把世界上的新雨雾吸进鼻腔内部。把身体中的旧气息吐出鼻腔外翼。呼吸来回游动，经过我与世界，在我与世界间交流。气息推动我左脚迈出、右脚迈出。左脚带动右脚。气息推动我右脚迈出、左脚迈出。右脚带动左脚。

当因为气息充满心腔，而不得不唱时，歌诗才有真实的归处。于是，时间已经掉队很久。我走在正确的道路上已经很久。而周围雨声吧嗒。

我收伞。同时收拢漫天雨点。有诗为证：

文殊院篇

第一首

我还没开腔，就已经说完了。

说寺庙里的语言。
虚幻三月也变得真实具体，具体到一根弦。

法师敲响木鱼肚里的晨课，
木鱼声微弱，甩尾摆脱千军万马。

我穿起灰色僧服，躺着读《维摩诘经》。
迎头一片叶子，打飘我手中书。

想笑就笑吧。
多么令你惊奇的诵经方式！

看我揉碎叶子，它早已历经尘世，
它的清新在我两掌复活。

现在我是一棵树，偶然抽出两片新芽，
纯绿而芬香，温暖而多血，
有奇异的纹路和脉络。

一叶在右。一叶在左。
我是庄严地合着掌的一棵树。

你乱跟法师念。在经声里，
我把自己栽成蒲团佛土上的一枝绿。

第二首

佛陀在我们面前微笑。
而你正憋着一肚子苦水。
你的苦水，
终究会随雨水流向大海。

调匀鼻尖的气息，

又先后把右脚左脚移到阁外。

我们闭上眼睛，

仔细辨别新露滴到叶子上的声音。

灯亮了。带回夜晚。

灯，你站得太近。

灯，你渗入残存的雨。

雨，拥抱夜，也拥抱灯。

雨，落到我的头顶。

佛陀在我们面前微笑。

夜和灯消失，墙和门消失。

（五）

早早起床，做回大学生。我走到图书馆，寻找师父们的作品。《祖先的爱情》里夹着一张尝试厘清人物关系的草稿。我想，他应该与我当初一样，嘴巴大张，久久不能复原吧？

随后想去一教喝一杯，却发现由于尼泊尔总理莅临校园而被设了门禁。我只好出西门，绕着围墙走，又回到上官茶府。

还是写东西吧。

何以解忧？唯有写作。

这段时间顺着先秦歌谣集的诗歌河流浪漫，一口气来到鲍照的老窗。现在我才证悟到，李白为何会那么崇敬鲍参军。

你看："诸君莫叹贫，富贵不由人。丈夫四十强而仕，余当二十弱冠辰。莫言草木委冬雪，会应苏息遇阳春。对酒叙长篇，穷途运命委皇天。但愿樽中酒酝满，莫惜床头百个钱。直得优游卒一岁，何劳辛苦事百年。"

你看："对案不能食，拔剑击柱长叹息。丈夫生世会几时，安能蹀躞垂羽翼？弃置罢官去，还家自休息。朝出与亲辞，暮还在亲侧。弄儿床前戏，看妇机中织。自古圣贤尽贫贱，何况我辈孤且直！"

这样的高山流水。为何会有堂堂教授在昨晚的大讲堂中讲解李白梦游天姥时，会说："哇，他是穿着谢公牌的鞋子？"这样的教授早该被拖出去，撕掉他的职称，让他尝试一下找不到工作的感觉。

（六）

我心中有个打米碗。

（七）

先知发话了：莫要牵藤藤，扯草草，越扯越远哦。我温吞水，看着窗外。工业革命前，人们对视觉的感受是缓慢的，而后则变成毕加索追求的、艾伦·金斯堡在为好友做证时试图对审讯他的警察开怀畅谈的“新视觉”。我不太喜欢讨论新旧，但对于视觉，我觉得这样区分，如同拨开青萍喝泉水，还是很有必要的。

蒋勋觉得，正是火车的提速，才产生印象派。莫奈这群小青年坐上火车，发出惊叹，看着窗外万千景致，唰唰，他们再也不满足于闷在画室画石膏啦，他们要去捕捉那些永恒：满眼风波多闪烁，看山恰似走来迎，仔细看山山不动，是车行。

列车正千里命驾，穿梭隧洞，切割河流。

这或许只是原因之一。还有可能是一方水土养育一方人，一方水土也养育一方艺术。我没去过法国，但我可以尝试“闻一知十”的学习方法。中国，北方燕山可以产生出辽阔的野山头顶上的寂寞之诗，南方江河可以创造出侧着身躯写出的最孤独的绝句，滚滚鸣沙也可以让飞天在野漠点染行脚僧的小印记。未晚先投宿，鸡鸣早看天，我想我印象中的真实法国一定与艺术家的心灵是一致的。

光，还是兰波、文森特、毕加索、莫奈那年的光。正是这略光，点亮我的眼睛。

“找到了！什么？永恒。那是沧海，融入太阳。我永恒的灵魂，注视着你的心。纵然黑夜孤寂，白昼如焚。”

（八）

每次翻看梵高兄弟的信，我心就怦怦加速跳。这明明就是我很早很早之前世写的嘛。可一翻回封面才发现作者是：文森特。

杰克说，当他站到梵高画前那一刻，他瞬间就理解他。因为他觉得他俩都是自动笔触的皈依者。我说，我从信中读到烈火般的情感，我也瞬间理解了他。只是我没有他俩那样的勇气：生而有光，而用其光。

你用了光吗？

你用光了吗？

我只敢多多砍柴，多多积薪。

心领神会。

（九）

金堂县一路海棠，郫县一路青青田中菜，我随车颠簸，随手写下这些字。我能看见字迹如同鸡爪爬的。但这不能怪我，因为这是窗外的风写的，这是车轮摇转写的，这是泥泞写的，它们是自然的“错画”，是会意，是形声，是转注，是象形，是自然的简化。这大半个月，我从北京错画到这里，竟然把窗外的油菜花硬生生“看杀”成了无数菜籽。

美的惰性。——其实，你知道我在夸张。哪儿有全成菜籽吗？其实，我是在用美的惰性做实验——你太懒了，去博物馆观光，看的真是光，是物品前的说明文字。你去听音乐会，听的全是节目单，全是对伟大音乐家的欢喜赞叹。你写，是码字。你唱，是口水。人性中，志之至为神，情之至为灵。你懒得像搜索引擎，关闭了灵性之窍。

因此，为了试图改变这种懒病，倒也不妨把自己变成婴孩：清目而不以视，静耳而不以听，钳口而不以言，委心而不以虑，弃聪明而反太素，休精神而弃知故，不“识”字，不“懂”音，不明白人世间所有“常态”，只是如同婴儿，浑然未开，兴奋时舞蹈，悲伤时号啕。

就如同眼前刺桐。我现在已不识，已不闻。我是愚公，我是野人，我是推开上帝之掌的刺桐。

（十）

美的堕落。毕加索蓝色时期、粉红色时期都在画妓女而风格迥异。就此我总在想，外在题目重要吗？如果很多艺术品将主题进行包装，将这些外壳粉饰，或是作怪，你还会同情吗？“还是会分享生命，抵达、触碰那些真正艺术家赋予其作品的内在感动？”主题不一定决定艺术本身，过分执着于“末”是否就成了滥情？

我也有过浪漫的感伤岁月，我曾渲染，也曾享受忧郁、享受苦难。那时，我是狂喝滥饮的酒神。

（十一）

当我从胡思乱想中缓过神，抬头仰望文星镇满天繁星时，听见大小排档、路边街摊里的粗声大气，谈论安逸的悲喜，甚至仿佛听见爸爸在街对面对我大声叫喊他要回家去了。——那是他送我到川大的第一天下午，我们挥汗，找不到厕所。我缓慢走在小巷，意识到，要么我疯了，要么世界疯了。

走进旅馆，没想到老板竟然觉得我给的房租太低，于是我和他吵。第二天一大早，我就把过去关于这个旅馆的所有美好回忆全部打包，在隔壁另一家住了下来。

不管怎样，窗外：穿过街道、院墙，学生时代宿舍的一片茫茫灯火在十一点半准时熄灭。我也禁不住跟着数万少年少女一起叹息、笑骂、惊呼。

海湘妹儿有诗为证：

我询问过你很多次　多到我记不得次数
我说　你是否要如此坚持
坚持可能看不见前路的森林
不知道里面是否有野兽
不知道时间是否会无情流失
不知道下一秒会不会是疾风骤雨
我还在担心着　为下一刻的处境

你却总是仰头看着夜晚的星空
我不能清楚看见你聚焦的方向
你说
有那么多的星星　就像我们一样
不知道会在什么时候失去光芒
为什么不仔仔细细地寻找一些意义

纵然春天背离了我

可是我还可以去追求

我不了解这一切　因此以前还在徘徊

被太多羁绊　因此总是踟蹰

但是当我看到天上的鸟儿可以自在飞行的时候

我看到许许多多的人还在为一些恒守执着的时候

我突然清醒了

不是每一个明天我们都会看到

不是每一个诗意我们都会出场

不是每一个路口我们都会相遇

得自己去追求啊

所以　你选择放下一切

你选择我看不见的远方

我没有勇气　所以我看不见

你得到太阳　所以照亮今后

这是你的回答

我渴望但无法坚决如你
所以我为你祈祷
纵然开始的路走得艰辛
有那么多的嘲笑与不怀好意
但是你的心底还有一团火焰
可以像缝隙里的青苔　在潮湿中漫山遍野
你就是一团跳动的火焰
保有着红色与热情　会燃烧掉一切阻碍
到达你的桃源　见到你的先祖

（十二）

窗外雨声拍打阳台隔板，毫无节奏的鼓点。我凝视昏暗的屋子，心里想着接下来该怎么办。

“努力当一名中国作家吧，说出心中的话，化抽象为具体，不再听任何人摆布！宁为玉碎，不为瓦全！”

宁为玉碎，不为瓦全。今天，我给自己颁发了毕业证。爸妈亲友，你们应该相信我，我从来没浪费这三年中的任何一天。我就是想学习陶渊明先生。我就要亲身来证悟一下，不与人妥协的宝玉、指出皇帝穿假衣的孩子，会不会饿死。我希望你们能理解。

事实上，我早已离开学者之家，并且随手把门带上。我饥饿的心在他们的桌上坐得太久了！我不想像他们那样，一如敲碎核桃般去研究学问。我宁愿羽毛凋敝、睡牛皮，也不愿躺在他们的荣耀与尊严里。

坐公交车经过少陵路口的时候，我看见满满一车厢白鹅。望道而未之见。老杜当年走在人烟稀少的道路，会不会也是像我一样，穿着“牛衣”，拖着破旧鞋子，把地面踏得当当响？“今之于古也，犹古之于后世也。今之于后世，亦犹今之于古也。故审知今则可知古，知古则可知后，古今前后一也。故圣人上知千岁，下知千岁也。”

我想让我的写作融入真正的生活，所以，我要从当一名教师开始我的写作生涯。

（十三）

旧戏中充满封建迷信意识，但古今极少有人会担心中毒。因为伟大文学艺术影响人，总是引起爱与崇敬，绝不使人恐惧忧虑。与无数先辈的经历类似，我必须投入自己选择的波涛中。

半夜，板壁后是一个大声讲电话的少壮，窗外是吼得嘶哑颤动的歌声隐约。在夹攻中，还是挑灯夜读吧。读章太炎。他提到洪亮吉最赏识“足以乌孙涂上茧，头几黄祖座中枭”二句，他只作了三日呕！贺拉斯曾谈诗论艺也说，要小心那些歪诗人，因为他会拉着你念他的歪诗，念到你吐为止。

后来，听沈从文先生在窄而霉斋闲话：一个进步的诗人，能使用简单的文字，画出一些欲望的轮廓，就已经很费事了。而理想的叙事高手，还必须有一个专家或学者的知识，以及一个诗人一个思想家的气质，再加上点宗教徒的热情和悲悯，来从事这个工作，十年八年才可望有新而持久的纪录。把文字当成工具好好掌握到手中，必须用长时期“写作实践”来证实“理论概括”，绝不宜用后者代替前者，以为省事。

他说，他去北京就是想读点书，半工半读，读好书救救国家。

我说，我回成都也是想读点书，找到自己的心灵，离天道再近一点。

又翻出先生的《事功与有情》，就反复看，度过此中长夜。看到他读《史记》，与先辈血脉接通时，我也记起十多年前的童年岁月。暴风雨中，躺到全校只有一个学生上学的堆子场小学图书馆堆满地板的混乱书堆间，读神话。阳台外狂风乱散，村小已经放暑假了，民工们正在地铺咯吱的隔房二楼斗地主、抽烟、打牙祭，不远处沿渡河水涨得浑黄，对岸山崖陡峭青柏森森。我读着埃及神话，后来又读到中国神话，法老的金衣服与精卫的短羽毛使我在闪电惊雷中浮想联翩。那个夏天早就不存在了！那个山村、吊桥、河滩也被江水淹没多年，可是雨的湿润竟然异常清醒。值得回忆的哀乐人事常是湿润的。再过十多年，我手中的笔，居然能够自动流转了。正如从文先生所说，寂寞能生长东西，多么不可思议。同样，心中种种有情，也是与孤寂分不开的。东方思想的“扪心自问”“致良知”“思无邪”更是和“有情”分割不了！

而当“有情”与“事功”合而为一，居多却相对存在，形成一种矛盾的对峙。

但我早就证悟东方文化从来不讲“辩证”，只讲“一”。正如河流过去、未来一体，浑浊、清澈一体，消失、复活一体。

你说这是双昧也好，可你却不能说这是笼统。因为反而中国思维是看重具体、注重实在、绝不含糊的。

顾此失彼是结果，“顾”与“失”则是过程。

这并非我乱开黄腔。庄子言：无终无始，无几无时，见独而后，能无古今。

走在巴黎街巷的波德莱尔也忧郁过：人群与孤独，对于一个活跃而多产的诗人来说，是两个同义语，它们可以互相代替。谁不会使孤独充满人群，谁就不会在繁忙的人群中独立存在。

即生命在发展中，变化是常态，矛盾是常态，毁灭是常态。生命本身不能凝滞，凝滞则近于死灭。唯有转为文字、形象、音符、节奏，可将永恒凝固成瞬间，穿透时间与空间，让另一时间、另一空间的人物，彼此生命浇注，生生流转，无有挂碍，亦无恐怖。

三、季春纪

（一）

山水之远，人在枕灶间。

脚下这双鞋已经露雨、露天了。随意坐到一辆公交车的终点站，随意买一双新鞋。却找不到一双合适的鞋垫！穿着，穿着，鞋垫就溜出来。我扔了又买，买了又扔，鞋垫还是拼命为自由而战。

吾独何为在泥潭？青鞋布袜从此始。

成都的雨说变天就变天。我手捏拳头，紧叉衣袋，拉拢不合时宜的白雪防晒衣。我怀揣着满肚子的不合时宜，经过郭家桥，踢飞路面的滚石们，在凼凼里，一塌糊涂。相似的场景总是如梦如狱。我暗自想，将来等我老了，用不着回忆、感慨、拊膺长叹、与老不死的朋友们相拥而痛，我只需要翻开我的那些呕心句子，一个人躺倒病床反复阅读，读到老泪纵横，免去侧锁厕所的危机。

我读《走水路的姑娘》。只要你的娇躯胆敢投入我的怀抱，我定会是你一辈子坚实的依靠。怎样形容夕阳下被车门推出孤单的你呢?

走水路的姑娘

广地的沙土朝着圆月堆起峰谷
我的石头滚腾着一场行云的浪
同去的还有老马身后沧桑的拂尘
我在故土与羊群畅饮着一条河

你的选择和离去都是美妙的
因为从此刻起你可以独自走水路
然而你不会撑船不会游泳
那些沮丧的日夜我只能在山头张望

我去村子外张望，看你受伤
未知的路抱住我的腿把我推向群山

我听见春夏秋冬叫喊夕阳
我看见雪山的孤身流着热泪
什么时候
我才能从尘封的渡笛声里跳出来
和你一起生火做饭耕田织布

从此以后
我们之间会升腾起生活苦涩的雾
那些沮丧的日夜我一人等人群重聚
我一人沉默，一人独对星火
千万万只船流过去了也难等到你
唯有大江奔流，弯向无情的峡谷

田野拥着田野，花叶拥着花叶
波浪拥着波浪，人拥着人
山坡上，菊花们在讨论苞谷的胡须
苞谷捂着牙齿窃笑
窃笑月亮的牙也会被岁月磨钝
我便想驱使一只萤火虫的灯盏

扑来拯救这枚月勇敢的孤独

不要太在乎我那流血的脚板儿
如果山路实在太长
我会即刻展一帆，抹一影
滚到岸边来带着你一起泅渡
也不要悲伤
就算一千匹马中仍听不见知音
要记得我花一样的脸裹泥的路
你要笑着，笑着等我
先要在我们的船头轻慰我的舵

只要你的娇躯曾胆敢投过我的怀抱
我定会是你一辈子坚实的依靠

我读《野风》。庆幸在怀柔的远郊时光。那些寂寞的日夜，我开灯，关灯，在燕山脚下，在边关看见大雪，在野荒看见红叶，抵达想象力能抵达的最远处。生民不得休息，都因为这四件事：一为寿，二为名，三为位，四为货。有这四件事，才怕鬼，怕人，怕威，怕刑。可不逆命，何羡寿？不矜贵，何羡名？不要势，何羡位？不贪富，何羡货？

野　风

风声。我一直在倾听
它被掩映在一片片树叶张成的无限寂静中
掩映在群山环绕的原野

有人在窗前照镜子。有人在路上摇摆
从这里看过去
只有砖头独自在工地上隐忍

那一只鸣叫的乌鸦。那一对疯狂接吻的恋人
喧嚣过后的湖泊，永远在那里安放

我的村庄就这样存在着
在千里之外。在肉眼的灭点
生命的温柔以及它的形而下，混叠出原貌

不妨用火炉旁的夜饭作别颠沛流离
打工夫妻给孩子洗澡
透过电视，看这座城市的灯红酒绿
杯盏间的放纵让人倾倒
来自深夜的冷却。来自土地的远香
梦的无聊。它来自风的种种复制

又一次跳进自己构筑的视野
在视野之内与我对望
最后，随灯火的熄灭关闭现场

不是每一粒尘土都能被风吹散
然而，我也不是最后一个理解风的人

我读《霜降，夜归》。穿过茫茫昏暗，你贴近我的胸脯。厌弃吧！你尽可厌弃我那衰迈的语言，厌弃我的洁癖和我的贫乏。“语言，语言……战争，语言，战争就是语言，语言已经被滥用于广告和宣传，使用语言，就像是变幻魔法在这个地球上称王称霸争权……”支起双肘，听吧，缪斯妹妹的螺号！往昔的岁月是多么响亮。

霜降，夜归

总有相似的面孔手捧跳闪的心灵，如同捧着跳闪的萤火虫。

就着月光，千里驾马，或者列车穿梭隧洞，切割河流。

今夜旁敲我眼睛的星光，正是你那年尖叫呕吐低吟时发出的。

只隔眼皮，却邈若山河。邈若山河，却能继续敲打未来的眼睛。

黄昏里竹枝幽摆，醉态，焚药，嘴唇干涸，倒不如让溪涧埋没额骨。

烟炉凄惨的城镇中心，说不准还隐藏着你永恒的命运琴谱。

地铁没有穷尽，灯火熄灭又重新燃起，雨被风裹挟左右。

山峦叠翠又叠影，叠着霜打柿果的车轮寥落，和荒凉天使。

走过一个地方我就捡起一块石头，我相信里面有你的手心微弱。

石头就是石头，我不会吃它进肚，只沾染你那时的星光。

木瓜与琼琚，木桃与琼瑶，黄叶与荒野，墟中人与四方客。

我愿意怀揣月亮，体贴石头，喝一碗水，给所有跳闪开窗、让路。

我读《大雪，起夜》。去年花似雪，今年雪如花。关窗犹不及，君不见冬月十六北京大雪铺满地！凌晨两点我它它它它携笔拥雪，在城楼峡谷间宛如临近穷途末路，我飞笔，我走笔，惊醒高处沉睡的猴男猴女。猿啼三声泪沾衣。没人是猿，唯我是猿，一只被雪沁透的白猿。

大雪，起夜

他们经过流泪谷，这泉源之谷秋雨之福，
好像落花降到冬至过后的菜蔬中。

我独立我夜起，电梯楼梯，连接城市峡谷小路，
脚步踏踏声就好比摇桨噜噜声。

我摊开书页，雪花一现，涂抹了游离墨迹。
白雪、黑字一笔一画，一针一线，
恰好织成月儿当年送我的黑白围巾。

猴儿们不再哀鸣，呼呼沉睡，淌泪，浇灌梦。
我的喉鸣随顶风的帽子远走高舞。

大雁在晴空万里的上周末迁徙是对的，
否则今晚会被堆成千万雪人，明天就流淌阴沟。

大雁翻过燕山，风翻过燕山，卷云卷走燕山，
我翻过流泪谷，旋风尘土，腰带也毫不放松。

循迹者非能生迹者也。然则诗人相信，无论是谁伸长耳朵躺在草地或斜坡上都可以学到天地间的些许事物。

此刻，我也是一只行走雨中的白猿。穿着白雪防晒衣，走在雨缝里，径直上了公交车。

毫发无损。

滴酒不沾。

（二）

民工们正在车中熟睡，抱着他们的武器。你恍然间竟会以为我们四海之内皆为出川抗敌的同袍，是脚板宽大、身材矮小的生死兄弟。我们闭目沉思，神色闲畅，谁能料想一生

当著几双屐?

请告诉我:我们在哪里可以找到那种包含着爱之清明眼神中的公正呢?

上清宫外逢猛雨,林黑山高雨脚长。于是遍饮而去。

(三)

古今之人相去如此远,世界山水那么宽,人心与人心的沟通、连接、情结、怨憎,原是依赖文学的。人与人内心的种种纷争,与人生向天地行走的憧憬,原可以依赖文学注释启发。

你知道,文学不仅仅指书籍,它的载体是作品。

沈从文先生曾告诫志在写作的我辈,光靠兴趣是靠不住的,因为它原是一种极不固定、随寒暑阴晴变更的东西。他说,要对文学有一种宗教情绪,它是每个大作品产生必有的东西。

生活在如此纷繁扰攘的社会,谁会没有"志"要"言"?人人都"知足常乐",那是糊弄人的鬼汤。对现实欲求未满,对未来存光明向往，这正是文字工作者需要做的。但这并非要生活出路、情感出路，就嗔恨家庭，埋怨社会，嘲笑知识，辱骂编辑。

他轻言细语反问：写作态度弄小弄窄，题材随风气人云亦云，排泄个人小小恩怨，不管为什么都浮光掠影，不深刻，不亲切，这样如何得“诗”？

他提议，我应该忘了作家，关心作品。于是，我就关心作品。他建议我叙事应“该”“要”，应“恰如其分”，于是我现在就坐在咖啡馆，把手中《月亮地》从二十万字删修成十四万字。这一点儿也不过分。

“引而申之，则两句敷为一章；约以贯之，则一章删成两句。思赡者善敷，才核者善删。善删者字去而意留，善敷者辞殊而意显。字删而意阙，则短乏而非核；辞敷而言重，则芜秽而非赡。”

与此同时，我听见一位打牌的胖大哥歪着夹烟嘴，为他远在济南的八十岁老外婆叫了一份外卖，并叮嘱快递小哥一定要送饭上手。随后他侧过脑壳问我：

“你这样搞，啥子时候才写得完哦？”

“没平仄。”

（四）

文学从商业转入政治又转入商业，“艺术”“技巧”都在被嘲笑“纯真”中地位缩成一个零。以能体现时代风气写平庸作品自夸的，就大有其人。什么外在写作目的都不能当作作品草率、马虎的文饰。

沈先生继续说，作者若还有点自尊和自信心，就应当承认作品完美即为一种秩序。因为一切社会的预言者，本身必须坚实而健壮，才能将预言传递给今人、后人。

他又谈到艺术品的形成，都从支配材料着手。过去艺术制作传统，一面承认材料的本性，一面又注入自己的想象与感悟。虽加人工，原则上则始终能保留那个物性天然的素朴。

有材料就得有限制。这就考验优秀作家如何在“限制”中运用“巧思”啦！一尊精美洮砚，一套雕琢床具，和一篇文学作品，制作的心理状态应该是一样的。金石丝竹陶土革木材料与“人生可塑复杂万状”是可以类比的。关于此，曹雪芹三百年前走得更远，而两千年前的古人更加明白：

“玉，石之美。有五德：润泽以温，仁之方也；鳃理自外，可以知中，义之方也；其声舒扬，专以远闻，智之方也；不桡而折，勇之方也；锐廉而不忮，洁之方也。”

从过去传统有所学习，从文字学文字，沈先生以为，应当把诗放在第一位，因为一切艺术都容许注入诗的抒情。这样可以使一个小说作者对文学性具有特殊敏感，因之产生选择语言文字的耐心。

作品，作者知道是写出来的；人事，他知道无一不十分严重。说到底，还是一个人运用文字的能力，熟练掌握“该”“要”“恰如其分”的表达能力。对于汉语来说，那就是用好每一个汉字的能力。

无视文字的德性与本能，想望作品可以做杠杆，做火炬，做炸药，皆为徒然。

他问，你担心无出路，那你问过自己没有，你是不是真想走路？你为何要在迈步前惶恐，而不大踏步向前走去？所以今夜，我独自打手电筒爬青城山，有诗为证：

路上睡

天都走黑了。经过杜鹃花园、荒芜土坡、连山黑皮楠，还看见猫头鹰。

滚跳的是空空啤酒罐，

石阶要起伏，弯向无情的幽谷。

所有先人都葬在这荒草之下，眼睛里充满土。

想起往时，当着爷爷面喊他“路上睡”。

耳光声回答了我。

现在耳光声也远去了。只有遥远山脚的星河生生流转。

（五）

民工们还在车中熟睡。我抬眼望，发现并没人被杀死。闻君欲朝天，驷马临道嘶。仰望浮与沉，忽如云与泥。驷马桥站到了。君子一言，驷马难追的驷马。那好，我就稳坐驷马，去追过路君子。

君子不再。隐约中，我听见有人的音贝穿梭我的耳畔。尖音过：

“知‘竹’长乐是个啥子意思？知‘竹’长乐？为什么要用这个‘竹’呢？”

“乱写的吧，”我回头，赞同他的质疑，“没得意思呢。”

“是哇。知‘竹’长乐跟廉洁广告有半分钱关系！现在的文宣啊，都乱整！”

再回头看时，只有这位大哥的光头出车门的影像还在我脑海回旋。

（六）

老子说，见小曰明。因此，小说就是说小：能从蚊帐中缭绕烟雾，把蚊子看成仙鹤；能观两虫咬斗，说蛤蟆是庞然大物。凡万物有所施之，无小不可为。无所用，则碧瑜都沦为粪土。我独自面对窗户，窗外有雨打芭蕉。

是谁多事种芭蕉，早也潇潇，晚也潇潇？

是君心绪太无聊，种了芭蕉，又怨芭蕉。

一灯如豆时，爸爸妈妈已经从云阳开车来成都了。他们名义上说是去温江购买观赏菊，实际上谁不知道是想来劝我？

收到很多关爱、安慰、劝告。对我来说，这恰恰是我人生的直线，根本不是转折。因为我内心踏实得很，离缪斯妹妹又近了一步。反而如果委曲或者顺应，去凑合那我以后会感到羞愧的东西，我就不配继续从事写作，因为我会觉得对不起我的笔和心。以前的已经抹不掉了，以后我则不会。这是曹雪芹先生教我的“莫失莫忘”。放心吧，朋友。

但是，伤心的爸妈呢？

妈老汉儿骂我读书读痴呆了。那好，我再不说么子陶渊明先生！我就说先人。“宁为玉碎，不为瓦全”是小祖祖段明珍教我的。我相信，安息在柏树梁当门的她一定最能理解我。望子成龙，望子成龙，即便我侥幸能飞到天上去又如何？谁还记得什么王家？

此时，我已经没有任何先知的点拨。我只能扪心自问，反复确认，反复斗争。陶渊明先生归园田居时，如果他爸妈说，你不是傻吗，放着国家俸禄不拿，你对得起我们吗？他会怎么做？李太白且放白鹿青崖间时，如果他爸妈说，你不是痴吗，到手轻松活路不做，你不浪费十年苦读吗？他会怎么选择？

我只知道杰克大二退学时，也与爸妈发生争吵。战争爆发后，他把自己整个生命投入旅途，差点儿葬身鱼腹。当所有人都疯了，在年轻时代短暂地标新立异愤怒不堪对世界说“不”后，不久就对世界说“是”，他一个人却还在狂乱写作。

我与他不同，不想复制他的生命。

有人在各种场合大批他的奥德修斯式灵魂追逐不彻底、不决绝，竟然不时还惦念自己的老妈妈。我只能说，如果奥德修斯放下，那么奥德修斯就不是奥德修斯了。

我始终提防自己：想做高人是一种罪过。但当玉性与孝发生冲突时，我又该如何两全呢？

“如果我妥协了，我以后会后悔。那种滋味就像，你明知一切都是假的，却还要跟着做黑。”

“可你之前都走过来了，高考，大学毕业，现在就差这么点，怎么就不听话了？”

“以前我内心还不强烈。”

“就当为了我们都不行吗？你说过从来不会为了自己的原则去要求爸妈呀！”

“我工作都定了，我会生活得很好。我的写作以及我的工作。你们要相信我不会流落街头。”

“我们不是不支持你写东西。这毕业又不影响你，难道你和毕业证有仇？”

“我知道你们是为我好啊。可是妈妈，小时候你给我讲过皇帝的新衣那个故事。我就永远记住了。通过这次毕业事件，我变成那个指出皇帝在台上光屁股的孩子。你说，这个孩子怎么会愿意继续和他们上台去做一件那样的衣服？”

“故事嘛。又不是叫你去害人。”

“我和他们闹毛了，就是因为我看到他们光屁股了。”

“你的小说全是真的吗？”

“至少心是真的。”

“心是真的，你一个人真？”

“我要对得起我的笔，你们如果要逼我，那我回去把我的诗歌全烧了！”

“一万个人中出你一个这样的咬卵犟。写作是要受穷的呀，鑫。”

“一万个人中出我一个这样的，还有好多被身边亲友阻止，所以就没几个写出好的来。”

"是啊，中国全靠你一个人撑起来呢。"

我从来不想做高人，也不想伤害爸妈。最后我们不说一句话，保持三米之外。走在望江，细雨扑面，我眼中含盐。

（七）

我把内心纠缠说给丁玎姐听。她说文凭是马拉松赛场上有人递给我的一口水，需不需要全在我自己。可父母觉得你需要，他们想让你喝怎么办？

如果你有惊世的题材，你会捏着鼻子忍耐一切。你有那么多纠缠，说明你对自己的题材还不够信心，那你张狂什么？

我一点也不张狂。我只是从心。"善念存时，即是天理。此念即善，更思何善？此念非恶，更去何恶？此念如树之根芽，立志者长立此善念而已。'从心所欲不逾矩'，只是志到熟处。"这就是我永远的信心。

（八）

就着你那天的短信，此刻我终于还是证悟到，当自己的心愿与父母的孝、伴侣的爱发生矛盾时该如何处之了。虽然可能读到这些文字你会觉得我是在说废话，但我的心结终于打开。因为我一直站在两个误区内。一个是以为他们不理解我要阻止我，一个是以为不选择孝、爱，就选择自己的心愿。这两个误区才是我的根本盘绕处啊。一个，他们其实根本不是阻止我选择自己的心愿，他们只是想要我尽量兼顾心愿与他们的期待。既然我不能兼顾，那我就要最大化过好自己，因为我的心愿与他们的期待都是：过好。另一个，并非听父母、爱人话，才叫孝、爱，孝、爱有很多种，既然觉得这样心中有亏欠，那现在就从践行直接的孝、爱做起，比如再回来时去陪陪他们为他们洗碗做饭挑水削土豆皮等。惭愧啊，之前总是宣称自己找到中国文化的根本，觉得很多东西是一体的，居然也在自己抉择时犯了这么久的糊涂。不过又一次从矛盾中例证：写作、生活实为一体。

一路都静坐车厢里，觉得只是列车在行驶，而时间是停滞的，现在最多也不过正午时分。

最多季春。

（九）

“季春之月，日在胃，昏七星中，旦牵牛中，其日甲乙，其帝大皞，其神句芒，其虫鳞，其音角，律中姑洗，其数八，其味酸，其臭膻，其祀户，祭先脾。桐始华，田鼠化为鴑，虹始见，萍始生。天子居青阳右个，乘鸾辂，驾仓龙，载青旗，衣青衣，服仓玉，食麦与羊，其器疏以达。”

车厢之春。一名小导游带着一群爷爷奶奶前往北京。窗外青山更迭、江水涌动，眉弯目秀的小导游尽力为他们将卧铺交换到一起。其中一位老爷爷取下红帽，给大家指点愿景，要游遍大江南北、江河湖海。我看见他们枕着天真烂漫的枕头，无视时光的流逝。

四、怀柔远人

（一）

我终于安静下来，直挺挺站着，观望我的人生广场。一站过一站，驿站如星流。没有一个有名有姓的先知会告诉我：是非之虑，不关眼目，当关何处？先辈们都已经走过几千年的尘埃，座位上什么也没有，有的只是随风醉死的眼睛。

离开一个多月后，我推开门，发现八盆花早已枯死。它们绿色的本真面貌早已被永恒太阳收回。其中一盆水培花圆形玻璃盆中的水早已变成蒸汽，两条小红鱼变成木乃伊，惜哉我没给它们穿金缕玉衣！此刻，真想唱唱《茅屋为秋风所破歌》以及《爱猫在养金鱼的中国瓷缸里淹死歌》。

等把所有行李打包寄往成都，我便匆匆前往山东，去找月儿。公交车司机好像在开飞机，送我到站时已近半夜，树枝七零八落滴下水珠，滴在人行道，滴在站台露篷，那声音就像参差不齐的鼓点，传遍了全城。谁家一条小狗，仿佛被夜锁住，此时又在狂吠，又在哀号。

第二天晚上，我们去黑虎泉，灯光碎在水平面，一路都是卖唱的歌声。生机盎然春天的北方，谷雨过后循环往复的喷泉，而后是横桥，桥下泉城水的叹息，从曲水亭，从闵子骞路，从北方吹来，贴着地面游移、给人以抚慰的晚风。洪家楼教堂尖顶显眼，屋顶笼罩在济南雾霾的抑郁氛围里，远处是古老的华不注山，山上有林石密集的赵孟頫笔触。所有一切都游移在这漫长的季春之外。男人的灵魂是深邃的，女人的灵魂则有如浅水表面那层飘动不定的波纹。我看见前方丫丫与月儿疲累地走着，脚下的鞋子在堤岸回响，耳边传来对岸歌声流动：他的牧羊姑娘。

丫丫依然沉思，月儿依然独自走着。烦恼之鸟飞过，在珍珠心灵落脚。而我即刻蹦蹦跳跳，呼叫月亮。

（二）

你是否也觉得，这是一个过于理智的时代？大家“知道”

得太多，感知得太少。现代艺术理论让人创作不出艺术来。

我从来就不爱和理论家打交道。

对此，劳伦斯对我说，你尽可以把什么都理论化，可一旦你开始作画，请闭上你的理论眼睛，用你的本能和直觉去画。有生命在闪光，对你来说就是美：请在精神上纯粹！

“人们唯一能深入观察、深入凝视并且只能看到想象的东西是想象本身：想象的意象。”所以，我为自己从来没有受过艺术教育系统训练而感到欣慰。我只是进行过自我训练，其手段是临摹。不仅因此而获得若干技艺，而且还培养了自己的眼光、自己的趣味。至少目前，在迫近艾略特所说的二十五岁关头，我真正明白了一部伟大作品中要注入怎样的生命，每一个词语、每一个段落要注入怎样强大的生命。记忆与意象出自作家的内里，活生生，十分细腻的意识。

精神纯粹，意识敏感，强烈渴求写出内心景象。比如现在车靠郑州，我看见一个脚镣、手铐缠身的少年正被人高嗓训斥，乖乖站在车厢中间等着！他回头等待，脚镣哗啦响动，手铐反射灯光进车壁，同时另一个男孩拉着他，同样回头，同样等待。大约过了五分钟，等待的那个身影终于到来。于是他们三个往前走去。现在我才清楚地看到，那两个男孩都戴着手铐，它们锁在一起，彼此脚镣铁链随步伐响动，从我眼前掠过。待到他们在飞驰的列车上缓慢消失时，我看见窗外：青山有似少年子。

（三）

“夫人之立言，因字而生句，积句而成章，积章而成篇。篇之彪炳，章无疵也；章之明靡，句无玷也；句之清英，字不妄也；振本而末从，知一而万毕矣。”

七曜山？岐耀山？歧耀山？到底是哪一个，我斗争了很久。读到五颗星子加上日、月，总共七曜，我才大胆猜测老祖宗们应该叫它七曜山。此事虽无凭，此意固已切。古人谁不死，何必较考折？

走在皂君东里，让意识随意飘飞，像雪花。这天下纷纷扬扬的雪花中我到底是哪一片？这天下熙熙攘攘的人海中我又到底是哪一滴呢？

又反复琢磨钱穆先生的话。他说汉代培养人才的是掾属，唐代培养人才在门第，宋代培养人才在馆阅校理之职。到明清两代，开始把培养人才的机构归并到考试制度里。如果接过他的话头，我想，可以这么说：现代培养人才的机构不在科学院，不在高校，应该在自然的庙宇里。

就此，我想起和晓飞聊天时聊到写作目的。曹雪芹先生《红楼梦》开篇就说他要为几个精神纯粹的女子著书立传。这也是我的一个心愿：要为几个精神纯粹的祖先著书立传。我一介书生，算不得什么，但祖先的光芒曾照亮过我，而且还在时时照耀，无论大学者、大作家、小匹夫、老文青如何论断人性堕落、如何构建内外真实，我都要摸着胸口说不。不！中国精神还存在于中国，这是独特的中国。丑也存在，美也存在，虚假也存在，真实也存在。并非说文化衰败、道德堕落诸如此类几句空洞不着边际的想象话，便能道出其中之因缘。比如诗歌，先辈传下的思无邪，亲友乡人世代不离日用的言谈、唱诵、腔调，哪儿能三言两语就盖棺定论呢？

因为这是我取瓢饮的河流。这条河流可以叫人不武断。事情利弊得失，历久始见，都摆在河水里。它始终是客观事实。就像河水替换河水，却从不自我消解。钱先生认为，历史没有不对的，不对的是我们不注重历史，不把历史当参考。

我们现在的毛病，就在于喜欢随便使用别人的现成名词，而这些名词的确实解释，我们又多不了解。

他虽讨论的是政治得失，但我觉得同样也适用于文化。

他说："不要怕违逆了时代，不要怕少数，不要怕无凭借，不要计及权势与力量。单凭小己个人，只要道在我身，可以默默地主宰着人类命运。否世可以转泰，剥运可以转复。其主要的枢纽，即在那一种无形的教育理想与教育精神上。此可以以中国全部历史为证。"

我不爱说空洞话。因此接下来我将闭嘴：洛阳站到了。一个手拄拐杖的大哥进了车厢，他拖着后腿，像没有腿脚的螃蟹那样吃力爬行，望着与我相邻的上铺，打开一筹莫展的眼神。旁边哥们儿主动和他换了自己的下铺。另一位大姐则替他收拾被子、行李。只听她说：

"我爱管闲事，没得坏心思！"

这时候，孤寂的夜色在飞驰列车的大摇大摆中降临，笼罩了生活中的北方清凉屋顶，而我在古老的中国卷进世间事务。

（四）

安泰开始审视自己。“啊呀！”他说，“我的宙斯！闯鬼，我对这片土地感到讶异，原来我可以自由行走，那我为何要飞？”

泡上月儿给我的碧螺春。现在我是西北的汉子。早晨掌柜的起来煮浓茶，吃馍馍，苦气腾腾；我安然卧炕，又卑又亢，弯曲大臂肌肉，时光的长廊在我眼前延伸。这些螺在杯中舒展腿脚，大略如行云流水，初无定质，但常行于所当行，常止于所不可不止，纹理自然，姿态横生。这些绿色的船只在水中上下虎龙看，登天入地难，它们在茶水中化淡，如此饱满，如此碧绿。

我也诗胆大如天，将途中所见烘烤成新鲜面包，与诸友分享。君不见车厢熄灯时我站在厕所里，蹦蹦跳跳如白猿，手舞足蹈，车一出隧洞，我就抢信号，给朋友们发过去。居然没得几个人回我。真是一群可恶的混蛋！

接着我只好四处找东西读。看到张广天说，不会玩的人，想靠学艺术弄科技混文凭来强大自己，来逃过玩这一关，来压倒会玩的人，结果把一生都搭进去，连泡个妞都要张贴出成功业绩，很负资产呀！

小虎哥就是我近两年认识的一个会玩的人。他爱玩，会玩，痛痛快快地玩，可惜与他见面的机会不多。想起那次坐出租车，他一直盯着驾驶台："师傅，这个板是不是设置得有点不科学？"随即就和师傅讨论起舒服度的创意设计。皆如是。

接着我又读东坡。我这位多年前的同乡，此刻，他意气风发，渴望像太白那样仗剑出川、杀人如麻。我当初也如他那般：舟中看山如走马。现在，我们互相理解，彼此对坐车窗，交换《泪瓶》与《南行集》；现在，我们年龄相当，同样孤寂，同样纯粹。我们喝同一杯碧螺春，吃同一片面包，谈起夜啸峨眉的经历，说四川话：

"眼中世界为何飘散？"

"都为神之分。"

"若都为神之分，神既能虑，眼也能虑吗？"

"眼有痛痒绚烂暗淡之知，而无是非之虑。"

"知之与虑，为一？为异？"

"知即为虑。浅则为知，深则为虑。"

“那应有两个虑。神有两个吗？”

“人体唯一，神怎么会有两个？”

“是非之虑，不关眼目，当关何处？”

“心器所主。”

“神是什么？”

“聪明正直而一者也。”

“子瞻兄，我们绕得太远了，说点别的吧。”

“好，听诗吗？”

“不听。再听，就吐了。”

他的大笑声和尖厉叫声传遍落花覆盖的寂静道路，路边等待火车穿过的工人，都在快速行驶的窗外一闪而过。我们这时甚至都还没开始喝酒。

（五）

久别二室间，图他五斗米。五斗米留人，雁栖忆学诗。

是怀北庄村白夜幻觉国道与湖水时大作家陀思妥耶夫斯基的梦境，在草原尽头，在长城以南，我骑着车盘绕燕山崔嵬与冰雹雷电交换，一边像野马咆哮，一边被狼狗穷追不舍；大雁从栖落的湖面起飞，翻过燕山，背着双手站在青龙峡的云端，注视着北京远郊果木乡镇的每一户鸡鸣狗吠鸡犬相闻。

我凭借西南峡江岁月里洋溢的青春活力，亲身去证悟自己的北方狂野。解带怜高柳，移床爱小溪。溪水在傍晚照样流淌，神圣清流靠雨水充沛，就像在悲哀的梦中一样，路灯下面白蛾转圈，爸爸倒车，妈妈拉下卷帘门，三楼窗户外的山岭陡峭，门前公路铺张浪费指示前方有村夜降临，屋后南家坟杭白菊遍地，大包山，柏树梁，夜壶岭，马桑林，斑竹沟，月亮地。看，门哗哗啦啦地拉下来了！你可以在树叶沙沙作响的顶楼听见夜晚星空冻泪。月亮地从屋顶溢出，流向四方。我骑着大雁从西南峡江飞到北方雁栖湖来，只花了一夜。这一夜发生了什么？

“月亮地，”读者终于说话了，“跟其他地方大同小异，您美化了过誉了理想了。”

是呀，我的溢美之词一面之词自说自话，的确，这一夜，只有宿舍形同果皮。有如最空的核桃也想让人敲破。我舒舒服服地坐在我的椅子上，摇晃着，听见窗外松林乌鸦哽咽，看见好几对恋人在板栗园亲吻，他们搂紧的腰身纷纷被跌落的板栗刺猬刺得哇哇大叫。而喧嚣过后的湖泊，永远在那里安放。

那些日夜，我疯狂读书，学成而归，一腔柔情充塞进我的眼耳鼻舌身意。白河在湾。沙尘暴近在眼前。火车在广漠的原野飞奔。寒冷啊，寒冷，我走在冬日禁火白杨林里读《简·爱》，和世上所有生者、死者、老人、病人、先生、后生平等地站到上帝面前，听不见说话声与咳嗽声的候车厅内只有灰尘。

五、东边不亮，西边亮

（一）

我在 D367 的过道中央打坐，冥想这三个多月陪同车轮悠转的旅途。请相信我，思路永远不会线索清晰，意识永远会随窗外的风吹草动、随车厢内从你眼前跨步而过的人们狂野而流。

我口吐阿丹给我的枇杷，破开琵琶之音。刺耳，刺牙，酸倒心尖。天为高矣，而日月星辰云气雨露未尝休矣；地为大矣，而水泉草木毛羽裸鳞未尝息也。我已全然变成一种款款的倾诉以及山涧流过之淙淙细流。我要把我的言语都丢进深谷里去。同时，也要让我的灵性之河流过崎岖不平的水道。

难道一条河流最后还会找不到它的山海之路不成？

青牛骑士说：能戴大圆者履大方，镜大清者视大明，立大平者处大堂，能游于冥冥者与日月同光。

故植之而塞于天地，横之而弥于四海，施之无穷而无所朝夕，舒之幎于六合，卷之不盈于一握。

甚至不盈于我手中这一握之笔。睁开眼，上下行走的乘客几乎将我盘坐的腿脚踩得粉碎；闭上眼，现在我是一名修行的僧侣，坐在急速穿梭山水的车厢中，犹如坐在天衣飞动的佛窟中。千骑围中一是我。窟内壁头人海翻卷、人事纷繁，历经千百年时间，辗转山河万丈无数空间，青山绿水遥相呼应，近相摩运。

此小僧可以独坐到天明。

（二）

车到达州时刚好深夜一点，人已走了大半，整个车厢空荡荡的，剩余人就四仰八叉倒在座位上。脱掉鞋子，高翘双腿将其摆到对座靠背，高枕无忧之感涌上心头，这是我现在的姿态。我不喜也不惧，车的印迹教我握笔，它一枝一花一字一画一直一划转动我的手，眼观鼻，鼻观手，手观笔，笔观纸，纸铺面歪歪斜斜蚯蚓一般的字体。我的字真是越写越烂！但这并非我写，而是心外之物所写。迎面走来一位抱孙子的老奶奶，她的左眼没有眼珠，小孩揉着惺忪的眼睛，捏着自己的耳朵，半仰头，悠然一副赤子佛陀坐姿，端居在半盲奶奶怀抱，奶奶亦未寝，相与步于厢房。她的历史究竟该如何叙述呢？

“老年人适合穿布鞋。”两个小时前，斜对座的阿姨如是说。

如是我闻：老奶奶穿的正好是布鞋，柔和的鞋底承载孙子佛陀的分量。

未必，佛陀有重量？

至智弃智，至仁忘仁，至德不德，无言无思，静以待时，时至而应，心暇者胜。

他们很快从我身旁经过，小孩早已长成大人，老奶奶的牙齿也已经腐朽，而列车永远独自纵浪大化。

（三）

来即是去，此地即彼地。所有人上上下下走走坐坐哭哭啼啼翻云覆雨等闲间时，一位大姐正拈花惹草，编织她恍惚的宇宙，沉浸在她那沉甸甸的绣花鞋垫里。她顶针，咂口水，丈量脚下春秋，线成的，现成的，县城的，月月红历经衰败重生，独自盛开在匆匆次旅，刺激、捋顺流动的人事。她若有所思，亦无所思，意识天方夜谭，过去与未来的纷乱幸福感悲戚感像煮粥一样在她脑际沸腾。没有一刻不言之有物。从月月红到老丈人到儿子到电话到谁的方便面，只一杯茶的时间，脑海却已历经汛期旱情大起大落漫无目的随物赋形。

我右边的叔叔腆着肚子，延伸出两张黑炭脚掌。昨天在火车站也看到一位少年睡在地上，与他的拐杖共枕热土。他的脚掌同样沁润墨色，在晃眼的阳光下尤为明显。我盯着他，不转移视线，但与其越离越远，直到坐上公交在立交桥绕几个大远圈还盯着他，盯到最后，只剩一个黑点，就像最后透过逐步明亮的夜灯反光玻璃车窗盯着我右脸的黑痣。

这是舟车衣冠滋味声色的不同。有道之人可以以近知远，以今知古，以益所见，知所不见。所以审视堂下之阴，而知日月之行、阴阳之变；见瓶水之冰，而知天下之寒、鱼鳖之藏；尝到一块肉，而知一锅之味、一鼎之调。

人类乃是属于有着红颊的动物。

曾经有同学说，一座城市的缩影是市图书馆。这是不着边际的糊涂话。“要是林妹妹，就不会说这样的混账话。”要是鑫哥哥，他会说，一座城市的缩影是火车站。在这里，拥抱与推离同时存在，脚步与手印互相印证，为何哪一站都有这么多睡在地上的人？他们熟睡的状态究竟和涅槃有什么区别？所有人都在熟睡，都仿佛涅槃，如同婴儿，让日神束手无策，让酒神佯装哭泣。

走到哪儿黑，就在哪儿歇。这是老辈子的箴言。易了之理，不在多喻，故不远引繁言。你这个孤独者所走的路是追求自我的路，而此路要经过你自己和你的七个魔鬼。你将成为自己的异教徒、巫师、占卜者、疯子、怀疑者、亵渎者、歹徒。只因你爱自己，故而你将有如充满爱心者一样轻蔑自己。我的兄弟。

逾垣者折肱，捷径者灭趾。天黑了，我的脚板也黑了，形同枯炭。东边不亮了，那就把它们点燃，烫到心扉时，西边也亮了。

（四）

烧田云色暗。往日农忙时节恰好是我们回家插秧的好日子。田里的泥鳅们沸腾不已，密麻的秧苗青葱欲滴，陈年老米待在谷仓里任米虫们坐吃山空，焖声的洋芋饭搅动田间肠胃，你我相视而笑，撩起泥巴涤荡的裤脚、衣袖，到溪水中洗涮实际上是为了去搬螃蟹，与它们赤手决斗。望山白云里，望水松原外。百年积流水，千年生青苔。病死的骡马尸体比马小，比马惨淡。在下游沟壑里，这一寸二寸之鱼，三竿两竿之竹。鸟多闲暇，花随四时。没了期，没了期，春衣才了又冬衣。

于是，我们又在冬夜的尽头烧起篝火来。

（五）

离京的火车把我吞咽，送言的君子把送财的小人推到关外：

“很遗憾，也有些痛心。”和幺舅妈长得很像的李彩丽老师如是说。

“我还在为我们第一次见面时，你说你要直博，我没能说出真实想法而懊恼。不过现在多说无益。你现在比我当初有优势，万勿浪费！遇到困难困惑随时告我。”陆师父如是说。

“这种心性是写作的保障。给我个地址，我给你寄书。”丁玎姐如是说。

“老师支持你！为你骄傲！朝着心灵深处的召唤前行，以十年为一个单位时间，没有做不成的事情。前提是，有时要放下自己，不能太自我。无我方是真我。”王师父如是说。

山夫只见压樵担，岂知带酒飘歌儿？

（六）

“我今天累惨了，不想过来了。”我想退房，房东如是说。

“想接就拉，不想就耍。”滴滴司机如是说。

审天的人，察列星而审四时；推历的人，视月行而知晦朔；禹到裸国，裸入衣出；墨子见荆王，衣锦吹笙；孔子道弥子瑕见厘夫人；汤、武遭乱世，临苦民，扬其义，成其功。所以因则功，专则拙。就像良医，病万变，药也万变。我也变成爬行在古老中国的一只小蚂蚁，正奋力张开双臂。

从成都高笋塘到万州高笋塘。从济南大街小巷耳闻的“老师”到万州耳边的“老师”。

江河之所以长百谷，能下之也。唯有能下之，才能上之。

现在，我坐在路边摊喝稀饭，滚烫的稀饭把我烫回家乡。白水宜玉，黑水宜砥，青水宜碧，赤水宜丹，黄水宜金，清水宜龟，长江水宜肥鱼；坚土人刚，弱土人肥，垆土人大，沙土人细，息土人美，秏土人丑，江土人好嘴巴。我身边坐着的两位大叔如不同的流水一样，正相互抬杠，他们势均力敌，旗鼓相当：

“你再低头按手机，一辈子都看不到眼前美女！”

“你昂起个羊脑壳，净晓得端起锅儿喝！”

“农村娃儿吃得多噻！”

“那让我这个城市娃儿囊个活？”

这时，典型的山城挑夫挑着两个箩筐打我们眼前横过，筐内花香满满随风，青绿藤叶轻轻翘动。

6路车来了。我把碗筷一甩，飞奔前往。

（七）

我在太白路口下车。太白飘逸的腿脚爬行在陡峭石阶，来不及饮酒，来不及写诗歌。和少陵一样，太白累了也要找地方歇脚，痛了也要吃药，上火要败火。他们在不同的路口寻找路牌，招呼公交车，经过玻璃反光的商铺，也会稍微侧过身子揽镜自照，看一看自己的发型，理一理身上的白衬衣。他们把黑包包从左肩换到右肩，在车厢中央、码头石块上、马路边、地铁里、加油站、候车厅、旅馆里、江水边写东西，买一瓶水，回忆此生撕心裂肺的追寻之旅。江水向东，江面移雾，船只来来去去，背水的身段绕城而行。

一意孤行。

昨夜破云青雨，颜色抹风归。相思终会似清江，此刻映思维。年少一度刻意不结交太白，而今独自经过少陵的老窗，万里船笛阵阵如飞蛾扑闪耳朵，终于与太白畅饮手中酒。有诗为证：

第一首　少陵路口

酒出野田稻。路灯风光被梧桐越逗越黄。

我等车，顶包，左右晃，把鞋穿破。

总归是清明，总归是清明。

哪管少陵此刻在风中背手，放任眼前一车厢白鹅。

第二首　太白路口

反正走到哪儿黑，就在哪儿歇。

反正烧田云色暗，老辈子捞根扁担都能坐怀不乱。

反正积流水要百年，生青苔要千岁。

反正鱼儿一条两条，竹子三竿两竿。

（八）

半夜，“豌豆苞谷”雀雀与“郎来归”鸟在叫；是故得时之稼，其臭香，其味甘，其气章，百日食之，耳目聪明，心意睿智，四卫变强，凶气不入，而池塘里的青蛙们则以甜美的嗓子叫出满腹的忧郁。

回家从洗碗开始。根据孔子的思想，服务不会贬损我们的人格。到奶奶的衣柜深处舀茗粉，笑赏小弟的新发型，听车内妹妹笑得上气不接下气，和弟弟一起收拾残羹，爸爸安水管，妈妈下地，我在家里新开业的旅馆里当服务员，在厨房、前台、桌面、碗盏、油烟、人流间旋转，为此端错几盘菜，承受客人与大厨王哥的催命。清晨见到窗外云海。

藐兮，浩兮，旷旷兮，可以游。

此刻，所有大恐惧、大展望、大感冒、大呕吐以及大晕车都降临在我身上。

“一片青山入座，半潭碧水烹茶。”齐鲁青未了的月儿如是说。

我甩干手，半躺靠椅，坐在云利路边，身旁各色菊朵在黄昏与黑夜轮替间摇头、点头。

“大黄！”“有！”

“舞风车！”“有！”

“金风车！”“有！”

“乒乓！”“有！”

“木瓜黄！”“有！”

“英国红！”“有！”

“德国红！”“有！”

"黄金！""有！"

"云黄！""有！"

"杭白！""有！"

冷香，金英，含香，芳菊，郁金黄，流满香，宅里香，满地金，黄金蕊，秋华露，回风，满山清，遍地黄，一回香，风露，寻香，苗青，霜下杰，灵菊，芳菊，寻秋，一片金，分外香，对丛黄，淡泊金，香满地，晓清，秋自香，静菊，露华，浮香，白玉菊，望秋，雪清，秋霜色，九月黄，香缘，素香，高山艳，碧团团，碗底香，一枝秋。

杭白汝最有价，汝来做大将，统带菊花六万六千枝，请命天神：望雨水少日头足，花枝充沛花型娆斗，以利市场，望本钱捡归。大黄一打五十，小菊一打二十就好，万万不可贱到啊当猪菜剁！

如是漫长的黄昏在我面前跛行着，而一种致命的疲累与沉醉的悲伤则呵欠连连地说：

不断来回。不断来回。

我的悲哀如是打着呵欠，同时曳着他的双腿而无法入睡。

仰头的山坡，赶骡子的大叔吆喝瘦骡，他挥鞭，戴草帽，骡马则驮两袋重物，呼哧呼哧爬坡。车阵。清风。"与万物回周旋转，不为先唱，感而应之。”洗过的白色床单被褥还在落日中摆动。

“凡玉璞根系山石流水，未推出位时，璞中玉软如棉絮，推出位时则已硬，入尘见风则愈硬。”《天工开物》如是说。

德尔斐神谕的伟大秘语又说：“认识你自己！”

孟子沉静的声音则说：“万物皆备于我。”

而王阳明先生则坐在树下说：“只因从前颠倒见，枝枝叶叶外头寻。”

这时候，有两个骑行的少年和我打招呼，仿佛回到独自远行燕山山麓的放浪时光。我向他们遥遥竖起大拇指。天黑前后，我把洗过的白衬衣晾干。

从此刻起，我要像所有人那样尝试生活。

第二辑　来吧，骑士

星星点灯

（一）

时值七月，长江畅流不止。冰冷的大轮船越过夔门，射出摇曳的灯光。在这个移雾笼罩的夜晚，我在奉节城郊植被茂密却慵懒的悬崖间徒步走了十三公里。我背着包，穿着拖鞋，哐哐嗒嗒，转向那座从未欢迎过我的夔州大桥。桥头以及路两边都大打“诗城”的招牌。四个妇女伫立在店门口等待公交车。一个漂亮女孩站在她家门口，害羞地望着我。她也是在人行道上和汽车客运站里拥挤人群的其中之一——她们或者他们的相貌，并不会给人们留下什么印象，但都是居住在这个世界的人，构成了生活本身。天色昏暗，车儿乱梭，留下一缕缕蒸腾的暑气。这种情形在中国十分常见，没什么意思。乘凉的人家灯光淡黄，椅子相对摆，男人们正在转碗喝稀饭。“吹凉我粥的一口气，也会吹痛我的心，只要我想到江面上的一阵暴风将会造成怎样的一场灾难。”

“呼——呼——呼呼——！”手中转碗——嘴啜碗沿——稀饭入口——女人正给他们添洋芋片。

一位四方客行走在刮着仲夏江风的公路上。他身穿宽松的白色衬衫，趿着拖鞋，买了一瓶雪碧，背着小包，一边流汗，一边试图想象杜老头当年从此走过的场景。他盼望此刻落雨，这样就可以欢欣若狂了。然而同行的杜老头只是垂头丧气。他拄着杖，苦吟：“白帝城中云出门，白帝城下雨翻盆。高江急峡雷霆斗，古木苍藤日月昏。戎马不如归马逸，千家今有百家存。哀哀寡妇诛求尽，恸哭秋原何处村？”

路旁加油站里，工人不耐烦地弯腰给一辆一辆车子加油。路面灰土弥漫，狭窄多弯，不时站立几栋房屋，又破又旧又脏。江风吹拂着这座城市所在的江边群山。巨大的烟囱矗立其间。时而两座大桥架在两山之间——一水间——远处难以名状的神秘农庄、果园、菜地、苞谷田，还有几个村庄的屋顶外部，都依山傍水而存在着，沐浴着江风。

载着瓜果的天蓝色大卡车。一匹黑色骡马拴在那里，露出长长的生殖器，不时用尾巴扫打蚊子。牛圈四周插着桩子，中间有一些垃圾堆、肥料引人注目。在县城中心以外那永恒不灭的橘黄色路灯下，人们腆着肚子走在道路两旁。消食。谈天。指点江水。

广阔的卵石荒野有许多山谷。远处是白盐山、赤甲山。从旧时雕花风格的楠木屋顶上望去，可以看见远处山顶立着好些孤独松树。现在只剩下轮廓。就像水墨画里那样蘸墨。车来车去。风来风去。一些流浪汉从旁边经过。摆宴席的庭院。然后是三层新农村的白墙平房。再后面是一条梅溪河。梅花落在溪面的河流。我现在已经精疲力竭了。

（二）

大巴穿过美丽的川东。这让我思念起曾经从巴东到沿渡河山峦叠嶂又叠影中穿行的夏天。妈妈在左摇右晃的面包车上抱着我。爸爸在教我唱:“星星点灯，照亮我的家门，让迷路的孩子，找到回家的路。”

那时，所有人都叫他“星星”。走到哪儿，这个“星星”就亮到哪儿。他喜欢说话，喜欢发光。穿着小西服，打着小领结。在班上畅行无阻。爸爸每天教一个汉字或者数字。有天夜里，爸爸教男孩写“8”字，他始终写不会，总要写成连着的两个“0”。爸爸吼了他。男孩第二天不敢睡觉，也不敢回家，在星空下的破旧拖拉机上坐着，不知道从哪里捡来一根铁丝，一直在那里把它绕来绕去，等到爸爸来找时，他才清脆地笑了起来:“爸爸，爸爸，我会写‘8’字了！”而说起名字，很多叔叔会故意说:“炉芯，炉芯，是不是有十二个孔啊？”男孩一本正经，回答道:“不是炉子的心心那个炉芯，是三个金那个鑫。”同时弯腰在地上用树枝写起那个偌大的鑫字来……

尤其此刻，当我置身于阳光明媚但枯燥无味的北京城中——“对于长江来说，北京只是一座偏远小镇”——你听我说过这句话的——坐在火车西站时，我就更加思念。

随后大巴进入奉节境内，穿行在群山之间。记忆涌现，像飞蛾扑来:同样是一辆大巴，在秦岭顶部的野山打滑，全车人下车，合力推车，大如席的冬雪打旋起舞。而在大钟寺，我到那些狭窄的老街大步快走，心里记起云阳的曲径幽巷。曾经上学的年纪，不能回家的孩子到处瞎逛，隐蔽的网吧里烟雾缭绕，破旧的厕所氨气难忍，男孩读李煜、听歌，和陌生女孩谈诗歌。而在秦岭，天上下着雪，纷纷扬扬。而在名字古老、建筑新潮的夔州大桥，阳光明媚，枯燥无味，极其贫乏。于是，我不得不变得忧心忡忡了。或缓步，或疾跑，或蹦蹦跳跳，冻住了，但只喝了点自提开水，接着前往白帝城。

这次我决定不上山去，只到耀奎塔下面转几转。载我去的是一个摩的师傅，在弯曲城乡路上开车的时候其实很沉默，就只是呆呆地看着路。风呼呼嘶嘶吁吁呜呜从我们的安全帽边飞过。到白塔下面的时候摩的熄火了，我的耳边还仿佛有风在刮，就像刮耳光的声音。嗡嗡嗡嗡。这时我才看见师傅的样子，长得像我父亲，他把他的人生经历告诉给我。他手指前方几栋小破房子："那就是奉节老城，我们以前住在最下头。"

灰白色的房子。曾是奉节老城最高处的房子。如今却成了仅存的几间东倒西歪屋。几年前，我曾经来到这里，江水比现在浅。当时我站在码头，朝向依斗门，想象：几年后，我现在的位置已经是江底了，就像一条鱼在水中缓缓呼吸。空气都变得潮湿起来。而现在，平静的江水下面埋着一座城。

（三）

三伏天。那个戴草帽的老阿姨向我兜售十块钱一把的杨木梳子。经过城头平板玻璃，我照了照，发现自己看上去十分帅气，就像一个意气风发的太白。只是我无剑可仗，无酒可饮。

那个粗鲁的家伙发现了我。朝我抖了抖铁饭盒，里面硬币纸币叮当作响，我像杰克那样，对他说：“找有钱人要钱去！”同时一把推开他，很生气，却很内疚，以至于五年以后的某天我还在对自己当时更加粗鲁的行为忏悔不已——为何那一刻我并非冉·阿让的神父，也不是聂赫留朵夫，而马上就想起了陀思妥耶夫斯基说的话？——群魔乱舞举双手跺脚——芬尼根循环往复孜孜以求守灵夜——但是当时我却只是内疚了一会儿，接着就跑进白帝城。

杜老头不再。但是他的诗歌还在。就如同他的气息。或者说，如同他小憩时的轻轻鼾声。

他拨闷。拨动闷葫芦。他畅快。在此登临年轻时登过的最高峰。我现在也在试图写过去，写未来，写现在。把它写得脱离时间范畴。正如毕加索所说，艺术没有过去，也没有未来；古往今来，是一种存在。杜老头当时这样写。也这样做。所以我是从他那里学习来的。他吃点莼菜，喝点稀饭，转碗喝粥，舔口咂嘴，掀起衣服去汗，垂头丧气午休。他望向京城的方向，担心人间悲愁。也偶尔或坐车、或徒步十三公里去县城看望老朋友，拜访大人物，同情小人物，递给粗鲁的家伙几个铜钱，而不像更加粗鲁的家伙那样一把将对方推开。他隔几天剪剪胡子，洗洗帽子，吩咐夫人下山，到江边打点江水。他也登临丞相、汉君兵败此地时留下的祠堂，读一读托孤遗嘱，在山腰亭子间远望夔门烧霞，背着手，倾听两岸猴子的哀鸣，不觉泪如雨下。他在家要安慰妻子，在荒野中则变回孤独旅者，想象着先辈们付出的鲜血，终究万古云霄一羽毛。血都被水化淡了。他也想象一下后生的男孩们如何看待自己，会不会觉得自己说过的话太过于老套啦？但他是慈祥的，从来不会觉得他们都是一群幼稚骄傲自以为老到的小屁孩。差不多天黑了，听见幼子隔着茂密的黄栌树丛、枫杨树丛，在下面的院子里大喊爹爹吃饭，于是他就缓缓下山，唤一唤小鸡，摘一朵小胆草花，拈在手指间，旋转着花梗，进屋插在背对着自己、素裙弯腰的妻子头上。妻子正往灶肚里添柴火。

火光闪闪跳跃。夜深了，他开始给舍弟回信，给十三君写信，翻一翻信札。此时，周围很安静。然而可以听见屋外妻子对孩子瓮声瓮气的说话声，以及余光中倚虚幌的玉臂。

他用笔簌簌写字。广阔空间的时间之声。时间的声音汇聚着百万种声响，回荡在白帝城上空，那声音模模糊糊，听起来仿佛十分遥远，但那声音确确实实存在，永远存在。无论人们活着，还是死去，那声音总是永恒固定，不受干扰。江水付之东流。

（四）

星星亮起来了。我站在夔门的炮台后面。墙壁上有《水经注》的江水篇。江水仿佛根本没有注入大海，而是默默地流到了墙上。屋子里有远古大象的化石，也有母系时代那些悲悯母亲的画像。

象像流转。我与他们交换身体，换头，换心，换取岁月。

我趴着，看着眼前这个小小的男孩。我伸长獠牙，倾听他的脚步声。他就像我面前的一只小蚂蚁，轻轻地来，轻轻地去，心跳咚咚咚咚。

我袒胸露乳。孩子，来，饿了就来吮吸甘甜的乳汁。孩子，来，困了，就到我怀里睡一会儿。不要忧郁。

猴儿们不再哀鸣，淌泪，浇灌梦，我的喉鸣随顶风的帽子远走高舞。有诗为证：

夔门给我开了门。寻找，就找到。
先人坐在我们之中，灵性猴群说不出口。
时光晾在山崖间，阳光也飞走，
我汗湿的身躯幻影重重。
古老的母亲爬上山坡，
隔世的鸟儿聚在一起又四处散落。

天王星

天地以其所有古老的神奇占据着人们的心灵，好像它们永远在那里。这是一个雨夜。秘密基地写作归来。一个号称骑爬山虎的骑士，大手提大茶。穿街走巷。脊椎发寒。

耳朵听着这首 *Uranus*。时刻再现那年北京冬月十六大雪之夜。走在雪中，走在高楼垒成的峡谷间，如同一只白猿。唉，为什么啊，你要是一个诗人。而且是一个灵性诗人。时空叠加与错乱。为什么你要有记忆，而且细节记得那么清晰。这位老先生的曲子简单得不能再简单了。可也触动人。癫狂的十九岁时，多少个夜里伴着它啊。

左边是铁轨。列车所有噪音节奏声响变调协鸣好像都属于前一天夜里那些景象形象星星图景江汉狂喊走马观花咒骂歌唱以及难以忘怀的记忆。我随着列车上北下南的记忆。就在昨天。古老大地飘逝而过。闪闪而过。田地森林山冈溪流田地森林山冈溪流。循环往复。一如既往。永远如此。

我还没开腔，就已经说完了。这几天都是这个形象。

昨晚写作到天亮。如此甘美而又悲辛的一夜。仿佛过了很久，到现在，似乎都没缓过神来。五点过，半梦半醒，恍恍惚惚，又先后对着敦煌壁画“听写”了十首诗歌。并且再次证悟王师父的“通灵写作”：

多年以前，那些无名的工匠都是有灵性的。他们把自己的灵性加进壁画，壁画就有了心跳。这种心跳并非生理学上的心跳，而是灵性世界的心跳。实实在在，真真切切，你能感知，你能把握。所以这种写作方式并非虚幻，也并非神神叨叨，而是把任何一个空间作为一个石窟，比如一个飞机的机舱，一间教室，一个房间，一个列车车厢、地铁车厢，或者夜深人静的时候打开敦煌壁画，我就再次进入敦煌石窟，就开始和石窟中的人说话、听他们说话，金翅鸟、飞天、菩萨、供养人、石头人就开始和我谈心，“孤灯之下，万里河山”。

后来心目大张，普天之下，动人的场景时时在跟前展开。梵高画中人开口了，徐渭画中山、水、花、叶、渔夫开口了，阮步兵的梦中白猿开口了，嵇中散失传的广陵散开口了……我飞快听写下来，也不知道写的是什么，经常写下来的字自己都不认识，所以我的书写才越来越烂。朋友们就经常笑话我，但是我说，又不是我写的，全是树林写的，河流写的，车轮写的，电灯写的，月亮写的，不识字的清风写的。

“如是我闻。如是我写。如是我说。”

这几天连续收到三篇评论。有人谈起诗来，或者写起诗来，就煞有介事、自娱自乐。无论如何，最喜欢的语调、口吻还是“信”。那是最直接的倾诉——你知，我知，拈来意象，为情义做见证。虽然写出来就成天下人的了，但写的时候却温柔敦厚。语言运用能力另当别论。不管强调什么性，目的是把诗歌写好。写得好与不好，自有人看出。感谢这几封“信”。

现在，耳边回旋着这首《天王星》。思绪随天王蔓延。说实话，以前真还是有些偏见。或者说不了解。但自从那年初秋在燕山脚下读到井上靖、冈仓天心，看到小川绅介，听到佐田雅志，便对这个民族有了温情。

听听吧，冈仓天心如是说：“因为艺术就像因陀罗的钻石网，每一个节点都能反映全貌。任何时期，艺术都不存在固定模型。它永远在变化中，让每个年代的学者们无能为力。每个时代的杰作都是无言的雄辩，比任何半真半假的总结更能说明其本质。”艺术是暗示，是点到为止，如同宗教在自然中追求灵魂的代表。

这位老先生又提及中国佛教。即在本身多样性中寻找统一性，宣布真正个性的同时又寓于普遍与特殊性。

这些话，仿佛在对夫子的话点头称是："诚者，天之道也。诚之者，人之道也。诚者，不勉而中，不思而得，从容中道，圣人也。诚也者，择善而固执之者也。"

"君不见天道沧桑！逆中有顺，顺中有逆。"哦，多么透彻！一个人有多谦卑，他就有多强大。搁笔证悟了。你将那梦想之焰幽闭到这无穷无尽的黑夜里。现在，在那可能的最后一分钟，你骑着爬山虎从黑夜逃走，回到莫高窟前的戈壁享受阳光，回到野山关的树林享受带露清晨，回到童年时代拥有过的生命意识中去，回到清晨美妙、枫杨带露、清风吹过厨房或走廊或窗户或顶楼仰面朝天打地铺时星空下的露天世界。

你从白房子里一觉醒来，竟然不觉得头发和胡子都已经花白。照着镜子刷牙洗脸，观我生进退，未失道也。——"梦曾游天。"我们充满圣灵的孩子正在熟睡。

月儿弯弯照九州

我们全部的生活都写在春天一树梅花上，写在一扇打开的木门上，写在转弯处窄巷晾晒的衣物上。记得最清楚的是——人群中只见过一次就永远消失的某张面容。对夜半将要下雪的预感。观察窗外飞花琐的眼睛。和在过往火车上一晃而过的某张笑脸。以及许多年前的仲夏，一个女人在大路上的欢笑。对久远一月的一次追寻。——那时，透过西林街玉兰树的边沿，我们看到了那轮永恒的弦月。

“月儿弯弯照九州，几家又欢乐几家愁。”睡神把我放开时，从枕头打开音乐，听到冉振爱老先生的遗响。这是他寄给王老师的声音。离世前，先生打电话给王老师，叫他给他寄一支录音笔。后来，人比录音先回到王老师手里。里面有老人在病床上对逝去时光的追寻。他尽力搜求一首首吟唱到心窝的歌曲。沿着黑暗的江岸拉纤行走，冲着狂啸的暴风、波浪大声呼喊，为自己的欢乐与力量放声歌哭，在夜里，他和同辈们在沉闷阴郁的空气中嗅到飘雪之味，专心观看纷飞雪花，大口朝江水吐唾沫。他年轻过，曾经充满痛苦与战斗之灵魂。他喉咙里回响着要说的话，昨天执手凝噎的草原姑娘却不是明天将要迎娶的新娘，他沉默不语，眼看北斗洒天堑。唱完一首，再唱另一首。未必，孤独的脚步在数百万条峡路、独木桥、卵石上竟然没有发出任何激愤声响吗？他依旧搜求歌曲。不加一句话。尽管亲人在身边打电话、说他、叫他不要唱大声了，本来身体就不舒服，不要唱那么大的声气！

录音还在我枕头右边，随夜轻响。我转过头，翻过身，左边床头柜摆着《科迪的幻象》。我躺着翻动第三部。完整的录音。评论家说，即便标点符号、转调、语调都被杰克保留成完整无缺漏的文本。春天像精灵一样出现了，荒凉语、荒凉文在我枕边开花。

无论如何，天就快要亮了。春天的声音是空无的声音，摸不着，却同时实实在在，溢满了心腔。佛是最早参透这个问题的。道德，宗教，文化，语言，经济，政治，巫术，科学，诸法皆空，诸法皆相对，不可投靠。但并不意味着不可用。用以为舟楫，还是可以航行人生的。可在人间越有信念就越沉沦苦海。“圣人不死，大盗不止”告诉我们：不要以为舟楫宽阔、顺当就是岸，它只是用来过渡的。

我坐着歌声之舟，从黑夜飘落到白昼。今天放晴了。现在，我又端坐在双新路的小教室里。孩子们正在写作文，窗外有鸟儿吟唱。无法琢磨的孩童嬉闹声。叫卖声。汽车拉风声。这间教室原是舞室，我和孩子们的身影投射在整面墙镜里。我对着镜子中的自己写下这一段文字。发现自己的脸上有黑墨。于是用手抹。但越涂越黑。一个孩子问我要写多少字，我说不要管字数，把话说清楚，就不愁了。后来由于手机没电，我被饿得呱呱叫的孩儿们糊弄，以为课程时间到了，因此他们提起包包就像四散的麻雀消失在我的视线中。然而我意识到了，又把他们全都给抓回来。放进这个舞室、笼子，给他们解释：李清照为什么至今还在夏日里思念项羽。

终于孩子们解放。想吃一碗面，鼻炎却抓着我喷嚏连连。突然想去看小老虎。于是就坐车，我还带着她可能喜欢的东西，可大概过了十多分钟，该死的她说“不要”……不要就不要呗。我就又傻傻地原路返回，去追寻我的32路。看到路边有卖衣服的，抓出一套就套上，大步出来，把身上穿的破旧衣服扔进路边垃圾箱。但忘了把手机掏出来。哎呀呀，又疯狂折返，掏啊掏。纵使黑夜孤寂，白昼如焚。捡回来的破手机已经完全没电了……我满目金光，如果我有胃口，我就吃泥土和石头。我的晚餐总是空气、岩石、煤与铁。

中了魔咒的城市。人潮涌动。远离飞鸟、牛羊和村姑，掬饮什么？等回到家，开机，歌声又再度传来：

> 月儿弯弯照九州，几家又欢乐几家愁。一家高楼一杯酒，几家又流落在街头。月儿弯弯照九州，几家又欢乐几家愁。几家夫妻又团圆聚，几家又流落在外头。

故驿花临道

小骑士一步一步往楼上走，就像普鲁斯特小时候那样，站在充满历史气息和大量记忆的楼梯上面。偏头疼再次来袭。如同太阳在太阳穴上灼烧。

幻想着山口百惠出现在黎明的门栏。哦，动人的告别。平淡的秋季阳光哀婉。歌声里痛彻心扉，却并不一步一回头。

过去住在大学宿舍、研究生宿舍里的时候，一入夜就总是沉醉在自己的书籍与音乐中。在中国，人们觉得，上大学、上著名大学、读硕士、出国，就像成功近在眼前一样，它应当解决人生的全部问题，因为你要做的就只是去学习学校里那些荒唐学者照本宣科教的、干巴巴的废话，拿到那一纸文凭，认识更多的人，仿佛由此其他一切问题就自然而然解决了。可与此相反，成功绝非近在眼前，至少在几千里之外。上大学、上研究生让你了解到人生中所有狂迷因素，如鉴赏力、书籍、创作、艺术、感受力、耳聪、目明、心敏锐、手灵巧、脚阔达、爱、祖先……但这些不仅没法让小骑士学会侃侃而谈，还剥夺了过去以自己思想主宰自己命运的淳朴天经地义信念。因此，他现在老于世故地坐着思索。我想知道，当工人、白领、店员、职员听见他的键盘半夜咔嗒咔嗒作响时，他们会怎么想？或者，当他在凌晨两点去仁义路找止疼药时，他们会以为他在游荡什么呢？你多么希望自己明天早晨起来就会种植稻米、播种蔬菜啊！你多么希望自己有足够的精力，能够在两个小时之后就起床，到星辉的地里摘菜，保持清醒，装箱，分类，骑着三轮车，从北门一路哐当哐当，拉进城来，出售给这些五谷不分的城里人。可是，与之相反，小骑士现在把自己弄得头疼无比。他刚回到这个曾经不熟悉如今也还陌生的城市，真的谁也不认识。他觉得过去一切都很好，可不知不觉间，又都变得糟糕了。

现在，只听见火车呼啸在远方大城郊外。看见成群白马蹄声轰隆地穿过夜色下的中国地平线。“济济多士，秉文之德。对越在天，骏奔走在庙。”看见树上尾巴漂亮、羽毛缤纷、比翼双飞的梁山伯祝英台鸟回旋啁啾，江中波光变幻。床上姑娘目光闪烁似小熊星。

即便到了深夜，街道上还摆摊卖狼牙土豆。一些人坐在细雨飘飞、烟雾缭绕的路边摊，面无表情、目不斜视地吃着冒菜。露水正浓的时候，芬尼根从守灵夜苏醒，小骑士则像一个半夜饿醒的小孩那样，头脑昏沉，迷幻灼灼，漫步街道，去找止疼药，无法集中精神。

“不要烦忧，孩子，不要烦忧，你心事很重。你血液里流动着悲伤的因子。”低沉而沙哑的声音，话中带着宿命。

去年春天，他听到从未见过面的曾祖母这样对自己说，如同路易斯舅妈用发亮的目光盯着尤金。在忧郁的保福寺桥南，夜色渐深，小骑士也精神十足。深夜，他埋头苦读，隐约预感大雪就要降临，顿觉欣喜万分，身上拥有一种不可战胜的力量。他坚信，召唤会越来越近，脚步会越来越稳，有诗为证：

爬山虎骑士之歌

灯一横，我就骑着爬山虎踏上生命之轮。

如同扶着手推车耍的婴儿，享受忽冷忽热的陶醉。

大河看不见的嘴口在细声轻吻，

悄悄摸摸，吞咽了夜，也吞咽了泥沙。

月亮设有祭坛。星星牵动长长天索。

何以致拳拳？何以致区区？何以致叩叩？何以致殷勤？

何以结悲愁？与我期何所？

我卷起铺盖，像王师父与许多船工们

在峡谷中间赤膊唱歌，脚蹬石头手扒沙，在一唱众和。

我挑着货，像货担郎那样自己与自己唱和，

声音在夜晚深处的山雪中飘忽，

断断续续，如不祥之兆。同时我们——

你走前，我走后，分别用双手挽着千钧重的扁担绳索，

急匆匆赶路，要跋涉七曜山，要经过千门万户。

那是我们的共同道路：寻找天真烂漫的枕头。

他常常穿行于那些淡白色小巷，那里总有一盏青黄色的

灯泡照射巷口的碎石道路。飞蛾在灯柱盘旋。清晨两点半，那些楼房或公寓，人们睡得正熟。上夜班的，则迷迷糊糊，像白日慵懒的小老虎，蜷缩在窗边花叶盆栽边，睡着了。

——成都四载又半年，春草芦芽独萋萋。落花流水朝将暮，行人北往东复西。——“君子协定：1. 不得轻易做诸如走、跑、滚开、跳走、爬走、飞走、游走等一切跟离开成都有关的事情；2. 由于不可控因素出现（非主观原因），非要做诸如走、跑、滚开、跳走、爬走、飞走、游走等一切跟离开成都有关的事情，要打报告走流程，审批通过方可执行；3. 特别条款：允许牡丹花下死，但是不能装死，‘死而复生’偷偷离开成都；4. 特殊情况特殊处理，本协议最终解释权归本人所有”。——爪子嘛，骑士又不是君子。当然也不是抢夺姑娘的土匪。其温柔之眼充满不屑。——故驿花临道，荒村竹映篱。谁怜却回首，步步恋南枝。

他躺在那里，感觉到时间跳动的脉搏。

荷马的世界是晨曦的世界。

起早切菜去。这么多年了，他还是不会切菜。毫无刀功，把腊肉切得很大块。但是太白说，大块假我以文章。

于是，打开炉火，让我们听一听骑士做早餐时的嗞嗞声。

经　行

“当我沉浸于甜蜜的思绪，一件件往事涌上了心头。”这个夜晚，下课后，小骑士泡在浴缸里睡着了。蓝牙小音箱唱完《魂魄》——长久寂静——他才惊跳而起。手中书《入蜀记》已经掉落，潜在水里很久很久。

“你站在路边用看海的眼睛看寂寞的群山。群山用看傻瓜呆果的自然生长眼睛看你。”“此后风云变幻，詹米用云的眼光看我们山峦的群景将会赏心悦目。”精神相遇。之前我还没有读到《芬尼根的守灵夜》。

“我的柳树早就四分五裂，零零散散。然而它们始终能从冥冥之中拼出一个丰满的世界。”“童年时代，我们最喜欢的就是苹果树，但那棵树已经砍倒做了一张书桌，现在看上去又旧又脏。”古今人下笔，往往不谋而合。杰克的幻象与我的幻象重叠。

生涩的创造永远胜于圆熟的模仿。要存在，就必须不可取代，而不可取代靠的就是想象力。随手翻看这湿漉漉的陆游日记，看到他细雨骑驴，与太白、东坡先生、杜老言谈甚欢，如数家珍，就好像与自己的知己、先辈把盏。

他听，太白唱《赤壁歌送别》：烈火张天照云海，周瑜于此败曹公。又听，东坡疑之于是赋云：此非曹孟德之困于周郎者乎？我听他为东坡先生解围。

犹记得此前有人讥讽东坡不识地理，错把黄州当赤壁，说他记错赤壁的地点。其实并非如此。有赋为证嘛。想象力可以穿越时间、穿透空间。贵何如？贱何如？大地只是经行处。黄州何如？赤壁何如？洗澡水何如？书湿透了又何如？文学是没有任何束缚的。

“美”坐在小骑士的双膝上。很苦涩。月亮照映大叶女贞，清亮耀眼。小骑士像普罗透斯那样，随心所欲，改变自己的相貌，用梦幻建造辉煌的宫殿。起初，他像一个生活在梦幻中的人那样，心平气和地在汉语河流游荡，连呼吸都小心翼翼，唯恐梦幻世界的辉煌和神奇就此消失。后来，他用双手舀出圣水，洒向全身，让大量金子从指间流下。此夜短暂。仿佛可以听见书籍活灵活现地同自己说话：“现在夜深了，万籁俱寂，大地已经沉睡，这是年轻人独处的欢乐时光，是你灵魂升华的绝妙时刻。”——这些先生者，先前充满傲气和豪壮的语言现在听起来平静了许多，携带着无限绝望。他们开始悄悄讲述不可避免的挫败与难以言说的命运。看到沈从文先生在他的“窄而霉斋”里说：“我的一切作品，在三十年前就已经过时了。今天只能说，我曾在文字比较成熟的三十年代前后，留下一些社会各方面的平常故事。现在已是八十年代！”此夜短暂。

随后，古老成都慢慢醒来，迎接新的一天。我静静坐在那里，某本伟大的书怀揣胸口，那些被人遗忘很久的声音在脑海回荡。我懒散翻看书页，突然，书页上模糊的字迹开始清晰。眼前写着这样的字：“要使人晓得智慧和训诲，分辨通达的言语，使人处事领受智慧、仁义、公平、正直的训诲，使愚人灵明，使少年人有知识和谋略，使智慧人听见，增长学问，使聪明人得着智谋，使人明白箴言和譬喻，懂得智慧人的言辞和谜语。”而红南港里最早苏醒的一批女人，就像在怀柔城一样，已经站到窗口，四处张望，或者向外俯视。

当时钟转到我所搭乘的三号线地铁出发前三分钟时，太白挺着乱糟糟的酒红鼻子说：“请先下后上，注意脚下安全。”

我看见杰克耷拉着脑袋背着睡袋上去了。他向我点了点头。——“这是我的一个普通想法，我总是为了让心灵放松一下，或者想出一幅漂亮画面在我脑海里高悬再高悬；我看见科迪的脸庞就像一大团云朵笼罩西海岸，那一定是因为他后面就是海水，然后再往后就是在那里等着我前去的中国，或者他展现了美国留给我的全部东西。像我一样地专注爱中国，我已经尽力了——”对我们来说，对中国来说，一个真而又真的中国人就是一个谜。一万个真而又真的中国人就是一万个谜。在小骑士的浪漫史里，他曾经远行，去看望一个老友，去拜访一位先生，去追寻失去的时光。

搭乘扶梯时靠右站好。而另一边，放翁还在往外拉他的驴子。

上帝的孤独者

凌晨四点，躺在床上，越躺越清醒。窗外铁道传来鸣笛声、铁轨碰撞声、喧闹声。大地上无数匆忙、奔波的人群，还在永不停歇地盲目向前。内心孤寂的人将在何时回家？疲倦的人将在何处休整？

区分白天、黑夜，是为了让人休养生息。灯光的出现是怕人不适应。你们夫妻无计，对影长愁。我们惶惶躁动，昼去夕来无停履。

怀北庄松林中炊烟的气味以及如火的枫叶，夜空星辰点点，数千条小巷上空有皎洁月色斜映。默然无声。黑夜里的车轮、铁路、钟声、国道，寒夜霜凝，寂静犬吠，闭眼静听的人，枕边的呢喃，未说出的话，同床异梦……我们仍然在黑暗中等待那些走过路过的朋友、兄弟。

偶然再次翻到托尔斯泰的《穷人》。有些对白居然能够背诵。仔细想想，原来在故陵读中学时，刘老师曾让我们上台演过。"'你瞧，他们就在这里呀。'让妮说着撩起帐子。"——不论是今天在黄昏落日之下，还是许久以前，橘色太阳之下，怀旧都没有止境。

大姨搬家那天，我们到白龙门去给外公外婆上坟。故陵宾客随灰尘。坐在车里，二舅又有了摆经的兴致。他讲到牛儿坪的来历：

传说八大王沿着川楚孔道血洗四川，从鱼背河经过这里时，到河边解手，由于没有带纸，就用岸边的霍毛草解决，结果割得他嗷嗷直叫。屁股上的鲜血流得一河都是。他伤声感叹：

"这里的人好恶哦！"

于是就命令兵卒离开这座山，往鱼背河下游进军。这座深山幽谷间的村子因此被当地人称作"留儿村"。后来喊白了，加上当地村民放养的牛儿增多，就成了"牛儿坪"。

现在那上面只剩一个单身汉舅舅，和数十间已被推平成林地的破旧老屋遗址、漫坡樱桃树、杏子树。

大家都搬到山下的堰角去了。而这个单身汉舅舅仍然不肯搬走，宁愿每日与野猪为伴。山中漫坡樱桃花盛开，蜜蜂成群地来，成群地离去。溪水枯竭，青蛙浮出水面。樱桃没人采摘，跌落坡地，独自腐烂，后来便与杏子约好，只开花不结果了。

二舅又摆到看屋基的经：他提到“天上”（一座山的名字）有个人叫卢三缸。其父生性执拗，按理说红裳日子当天不能看屋基，也不能动土，他却反其道而行之，看出当地暗藏“天池”，在后山建了屋——因其有一股源源不断的泉水涌出。还给喜得的儿子取名为“三缸”——因其门口有三条河流流过。

想起以往，小的时候，樱桃熟了，我们爬到牛儿坪去摘樱桃，二舅就给我和国娃通宵通宵摆经。他肚子里的故事源远流长，应有尽有，我们听得有滋有味。甚至，他叫我们比试复述，我俩都还能你一句我一句地使之圆满。

二舅坐在车里总结：地名都是古人的思维啊。我举双手赞成。车到白龙门，车内的表妹们都意犹未尽，对二舅说：

“边走边摆！”

于是我们剥开大姨家院子桌台上摆着的几个柚子，吃得愁眉苦脸：

“酸。”

随后就是炸鞭炮。敬香。烧纸。时光流过去了吗？我显然还听得见外婆叫我“咪孙”。以前每次看她，她都会把我送好远好远。

回来的路上，看见路边有一座老坟，公路从坟身上头铺展，依稀可见其碑文上的对联：

“修坟盛洞府，立碑如天堂。”

晚上，烤火。弟弟打来电话，有人把他车给剐到了。我们立刻开车赶过去。到了，弟弟气愤地说，三轮车跑掉了，他追了一路都没追到，因为倒车花费很多时间，对方还把车灯给熄灭了，谁知道他躲到哪条岔路上去啦？我们打算息事宁人，反正车没受多大损失，可是爸爸极其厌恶对方这种逃罪行为，他决定沿着最有可能的、那条通往河边的岔路去找。于是我们熄火，停在路边。妈妈怕爸爸找到后失手打人，她也跟着去了。

我则独自坐在车内。河流的声音萦绕耳际。江滩卵石有诵经之声回旋。

好风如水

此时，城远到看不见。河在峡谷中间。正当我解开裤腰带，想在悬崖边高山流水时，国道上划过的兄弟大喝了一声。

嗨！所有的白杨都在风中摇头，肃肃。

于是，我的鞋湿了。

没法，只好等他和他的自行车转瞬即逝。我便继续觅知音。流出的水和远处蜿蜒的白河，洋洋洒洒，跟着大风摇摆不定。正如山间的道路，千里漫漫，难以捉摸。在视线里，远处的白河和我眼前的水由于透视扭曲，相互交织。我想象着，无论是什么样的流水，它们终会汇入大海。

终于曲终人散，那兄弟在我的视野里消失于另一座山，我也跨上我的车，继续爬坡上坎。

荒野之美，汽车可以领略一二，但若要感触更深，最好还是步行或骑车。典型而又理想的北方天空，下面是露骨的山石，上面是透蓝的天。下面的山石，有时是碎石大如斗，有时是整座山的体格。上面的天，无穷无尽，只供目光看到呆滞，脑袋转得僵硬。所以，乌鸦的眼神总是深不可测。

公路在远郊的山陵间起伏不定，缠绕束缚，左右激荡，萦回宛转，被风吹弯，像没有头绪的长线，前面在放，后面在收，而我，则在线条上寻找线头。风此时像涨潮的海，不停倒灌。

不管现学现卖，还是惜命如金，你只能当好弄潮儿。

度假的车在公路上飞驰猛进，令人心头锁紧，从针锋相对，到狭路相逢，再到擦肩而过，让人煞然。

风景区的美一旦碰上黄金周，便成为了海。没错，就是人海。一旦迫近，堵车便开始。无论怎么转弯，这列长队都避不开那无所不在的大海。我迟缓地迂回前行。偶遇一女孩，她打开车窗，像晃动的水仙，向我挥手，她的笑干净剔透，我脸一红，喜出望外。两人相对傻笑。

在如幻如惑的光景里迷了一阵后，我才带着冰雹的催逼奔了开去。趁着暮色的微光，我向石城奔去。上坡，下坡，七转八弯，终于在一个山谷蹦上了床。

只可惜孤身一人。我想。那就站在阳台上看雨，看雷电，看风车轮转。那样壮美的闪电惊雷，猝然在远山打开天空。

那样毫无保留的显现让人震动，那样的袒露令人吃惊，就算是躲在避雷针旁，也不要关门进屋。何况启迪的不仅是流经村庄的白河，更有四围的群山，还有苍天，从脚到天边的野风，从头顶到天边的雨城。如山为水而立，水为山以形。形影相吊。天逐渐黑下来。一道闪电，便可抓拍住这个现场的一草一木一静一动，有谁在捂耳朵，谁在喝汤吃饭，又有谁在屋里做爱，没拉窗帘。面对这个无所不包的荒野，在快门按下的那一刻，短暂的谜底便可揭晓，赤裸得可怕，但这数秒的谜底，到底是什么呢？反而又成了下一个现场的另一个谜面。

可惜无汤啊，我索性把饭桌也抬到门口，那就喝酒。老板应景，把阳台上的灯全熄掉，没有缺口的黑夜便成全了完整。

我们接受一次又一次抓拍，或近，或远。

美中不足的是，梦游得太短了。这样的山雨，这样的夜色，应该永远沉沦下去。但是雷声暗淡，雨声渐停，把夜色逐渐漂白。

车进入早晨的隧洞。直线的国道变成一根盲肠。这时，只能靠感觉，只有引擎的呼啸逆人而过，万水千山，全缩成一个小点。半小时了，出口却还看不见，令人不断分泌肾上腺激素。

我觉得会一直这样骑下去。

然而白河映入眼帘，流水潺潺。到现在，我都还以为，这场景就是那年去理县途中穿出隧道时，岷江和远山构筑的场景——我们一到场，谢天谢地，好风就如水。

凉　亭

你坐在凉亭的石凳子上吃麻辣河粉。

灯光在远处，天空在头顶，树木在一边，草坪在眼前。夜来了，你稳稳坐着。风来了，你和它肌肤相亲。

你常到这个亭子里来。在这里，你可以任夜包裹，任风捉摸。你又来到这里。她侧倚亭柱，就在亭子边，静静地，和你一样，眼神如水，反映着柔和的光线，但目光停留在稍远的地方。她的发丝犹如新柳般在春风中微微摆动。

你发现她偷看了你一眼。你假装不知道，继续吃着你的河粉。这时，有一对情侣从旁经过，两人挨得很近，谈工作，谈婚姻，谈同学，谈天气，他们一句接一句，有说有笑。之后，他们走远，声音也逐渐远去。等再回头时，你发现她已经不在那里了。

那就去她的，你想。人这一辈子该有多少次相遇，又有多少次重逢？你继续解决你碗里的河粉。

可正当你被辣得舌头打卷时，她又出现了！但这次多了个他，跟在她后面。

他们一前一后一起走着，准确地说是：她每走一步，他就跟上一步。他们彼此没有说一句话。他锲而不舍，像一个犯了错的小男孩，不知所措，却一直尾随心仪的小女孩以求谅解。

你看到他紧紧追随着，偶尔上前去凑近，但她总是躲避，像是责怪，又像是矫饰，不让他接近。你明显看得出来她故意加快了步伐。

突然，她朝你这边跑来。你受宠若惊，没咽下去的半口河粉还在嘴里。你逐渐放慢咀嚼的速度，以至于停下来，等待接下来有什么发生。

她越走越近，你想象她最终在你面前什么地方能够停下来。但是她一直没有，甚至还跳上你放碗的石桌子。她目不转睛地注视着你，你不好意思地垂下了头。

可就在你低头的瞬间，他也跟着跳了上来！她一直盯着你。你回望了她一下，你们便会心地笑了。或许你们期盼的正是这种笑容。

那你索性就将还没吃完的狼藉一并撤走。你径自走了，他爬上她的背——缠缠绵绵的“喵呜，喵呜，喵呜”声正沉浸在春风中。

来吧，骑士

七月，我像一只小跳蚤，跳到人大的市场，依盏路灯，盘腿而坐，于风中摆弄我的爬山虎。每天我只带五六本，用在成都买的敦煌画册垫着它们。回音壁上，爬山虎爬行，我则像窟内的行脚僧。这条路游人如鱼，如蝶，如蜂，来往穿梭。我本来打算随着心灵的节奏，站起来读一读的，但我又不是乐队，所以只是坐着等待。静女其姝，俟我于真实而丰富的生活之中。缪斯妹妹就这样吃过晚餐，骑着爬山虎，来到路灯下，轻轻坐在我身边。我和她秘而不宣，我们知道，诗歌本来就应该这样，既不神秘，也不边缘，和一幅画，和一首歌，和一个人，和一盏灯，和一条爬山虎是一回事。

一个女孩仿佛看到卖鲜花的花匠，赶忙过来翻阅，站到一旁读起来，我眯眼看着她，缪斯妹妹也眯眼看着她，我们没有说话。之后她开始问我问题，如同问这朵花叫什么名字，你是在哪里采摘到的，你学会种花几年啦。我说我的种子来自江河两岸，以及我的高寺山。你喜欢这一朵吗，我送给你好了。当然，我没有将其中一页傻乎乎地撕下来，而是给她写上赠送时间，她说她要请我吃饭，我说不用啦，还有很多花，我想再送几朵。

不久又跑来一个男孩，他把我当成一名果农。我只好淘洗果子，坐在门槛，用瓢递给他，让他尝，任由水珠四溅。我说，所有作者都会变成读者，说着我选起其中一个，大口嚼出声，露出一嘴乳牙。

随即，卖衣服的阿姨，卖箱子的大叔，牙膏公司的兄弟，大一新生，制片人，国画爱好者，老师，皮匠，北漂女孩，毕业生偶有经过。眼神一碰，缘分自注定。豆与瓜，各有所爱，两天，三天，爬山虎偷偷翘动，在墙头马上来往自如。最后书送完了，黑人小伙子居然强行以十块钱把我的板凳买走，还有人问我画册卖不卖……

“来吧，骑士！”缪斯妹妹眼见天黑欲雨，便叫我“跳上爬山虎”。她说，走吧，写作只是一种尝试，好与坏不重要，只要用心写，就会越来越好、终会好的。别人喜欢不喜欢也不重要，重要的是你要永远像对你挚友亲朋说话那样写作。于是，我把耳朵交给她，送给她五朵向日葵。

周六的诗会，我又想起这个七月。我本来极度不愿参加，我说以前在成都我就从不参加，但一个老朋友说：“去吧，骑士！我们去见兄弟！”我永远喜欢这种理由，因此，我就来了。要说这是一场盛会啊。但我只是想起那个七月。在咖啡厅会场，碰到一个眼神其实特别单纯的写诗的哥们儿，不像其他老油条又是寒暄又是握手又是神吹胡侃又是愤怒不堪，又是言必博尔赫斯特朗斯特罗姆未来主义，言必中国文学当代的意义 80 后 90 后写作零度绝对意义高度性重建存在价值与诗学的精神演变……他的经历也很复杂，和我一样是个穷小子，可惜他早已被俘虏，我看着他，脑海立马浮现出《高老头》里面那个大学生的形象，尽管话不投机，但也希望这个淳朴的河南籍兄长能够找回自己丢失的玉。真心祝愿他。

婆娑

（一）

我最终答应马尾巴去找他。

他很兴奋，说已经提前三天给我租了一间房。并且这两天他已经把屋子收拾好了。他还在墙上画了很多装饰画。

我们把钱放到一起，准备在这里好好待下去。因此，他买了很多颜料，我买了很多笔记本，还有生活用品。

你先别着急，我可不想费尽力气来讲梵高和高更在阿尔的故事——他们已经沦为历史，他们的遗嘱已经被后人背叛。马尾巴不是梵高，但他想当梵高。我也不是高更，我只想当一个诗人。

我们这些地球的朝拜者和陌生人从遥远的地方来到这遥远的地方。在这里，可以值得大画特书的东西简直是太多了！这里的白昼蓝得让你几乎目瞪口呆。星空会让你窒息。

树木很稀缺，但上面总是挂着无家可归的白云。沙漠的橙黄，泉水的灵动，牛羊的洒脱，以及人们脸上的高原红。每一种都能吓你一大跳。

当然，最重要的当属小城外那一块不到一平方公里的绿洲。它是我们的女神。那些洞窟，那些穿越时空的场面与景象，就像是一种迷恋。

从这里出发，往东是玉门关、酒泉、嘉峪关。往南跨过疏勒河，是终年积雪的茫茫祁连。往西通往楼兰、轮台、白龙堆，再过去就是罗布泊了。如果你骑着骆驼，中间是连绵的沙漠之旅，一路上人烟荒芜，流沙无尽。往北是阿克塞、伊吾，以及那些新的疆域。

马尾巴说，只要我们在这里待一段时间，他就会成为世界上最伟大的画家，我也会完成我手上的这部诗集。我们一定会创作出举世无双的大作品。一定会！

他很激动地在豪言壮语，几乎快破音了。我正忙着舀锅里的饭。

我把这碗五颜六色的米饭递到他手里，打断了他。你下次淘米的时候可不可以把手洗一下？我说。

他端起碗，闻了闻，停顿了三秒，才猛一拍脑袋。哎呀！原来是我手上的颜料啊！我下回记住了。他说。

当然，他下次肯定还是没有记住的。因此，我们就这样先吃了三天的五彩饭。

（二）

吃了五彩饭，又换了五彩戏服，我们决定之后每天到窟内采风、写生。由于从小城到那里相距几十公里，我们便搭车前去。在窗外的荒漠与戈壁，以及阳光斜照的连环冲击下，马尾巴渐渐困倦了。他已经连续几晚上兴奋得没睡着觉了。他那已经有四个月没修剪的头发，被他扎成一个马尾辫甩在背后。国字形的脸此时正贴在胸前。每呼吸一次，他的脑袋便向上扬，然后又垂下去。两只沾满颜料的手抱着画夹。嘴里发出听不清楚的声音。我轻轻抓起他的双手，把画夹从他手里慢慢取过来，将门票放到他手里。

这一连串动作把他给惊醒了。他以人们在熟睡中突然被惊醒时那种发呆的神情，看了看手上的门票。门票轻得让他以为自己握着一坨垃圾，便将它扔到车上的垃圾桶中。这时候他才完全清醒，我在一旁乐得哈哈大笑。

我把门票重新捡了起来，递给他，说道：“到了。快下车吧？”

他这才眼睛一亮，仔细看了看。莫高窟。莫高窟！狂沙之后，莫高窟继续。

我们飞奔到窟内。

（三）

这是七月。窟前河床干枯，石头在贴近地面处冒着股股热气。女导游说，总会下雨的，但是谁也不确定是什么时候，或许立秋之前，或许入春以后。

水在月牙泉，不在莫高窟。

莫高窟上浸润着水的灵气，那些曹衣出水的缓和，那些经变、往生、涅槃的冲动，哪一样没有水？哪一样少得了水？导游小姐带我们在洞窟与洞窟之间穿梭，她用手电筒指着我们面前的佛像，说这是东方版的蒙娜丽莎。

马尾巴示意我从不同角度去看。我一愣。他说从不同角度看会有不同的风景。

我便先在正前方看，她双臂自然下垂，嘴角轻吻，裹挟着幽谧的洞庭。又从左边看，她含情脉脉，安静耀眼——她的特征就是对具体与抽象、主观与客观的遗忘。又从右边看，洞口的光线闯进来，抚摸她的形态，外面的世界只剩下一个清静的回旋。我从下面往上看，像发现新大陆似的发现她居然在微笑，甚至可以看到她的牙齿轻启，是一种召唤，更是一种婆娑。

真像蒙娜丽莎啊。尽管我没见过蒙娜丽莎的真迹，但能感觉到这种张力。我兴奋极了，说道。

我不是叫你看这尊泥塑哦。我是叫你看这个导游，你没发现她特别美吗？马尾巴拉着我，轻声说。

我还沉浸在那种兴奋之中。茫茫大漠，沙与石头何其多哉！居然能在这里留下如此精妙绝伦的形象。太不可思议了！

我一面把即兴想到的句子写在笔记本里，一面天不怕地不怕地在这条艺术长河边吹河风。

马尾巴和导游小姐正讨论着吴道子，一片欢声笑语。马尾巴高谈阔论，他对艺术史了如指掌。不时运用的比喻贴切而精准。导游时而捂嘴，时而甩动长发，她笑声清脆，富有弹性。我则坐在地上胡乱地又涂又画。这时，我想起那个该死的狂野散文小子凯鲁亚克，太不可思议了！他居然教会了我这种自动写作法。

我一路无话，只觉得不可思，不可议。就这样，我们完成第一天的工作：我写满很多首，马尾巴也描了几幅有代表性的画作。

（四）

我们已经连续三天奔波于小城与莫高窟之间了。我们此时坐在九层楼前的广场上。

你知道吗？我一直觉得耳边有人在对我说话，声音很轻，很柔。马尾巴说。

我也一直觉得眼前有人在来回走动，穿着黄色的僧服。我说。

是不是所有的尘土都会被风吹散？他说。

并非如此，我们混入沙中，便不分你我。我说。

沙难道不是一种存在？存在即有个性，为何没有分别心？他说。

沙，是名为沙的这个东西。我说。

那，你说我们是不是产生幻觉了？他说。

换作别人一天没吃饭，同样也会产生幻觉。我说。我们得早点回去找点东西吃啊。我说。

这时候，那个导游的身姿又出现在不远的前方。马尾巴立马站起来。老弟，等会儿我吧，我去去就来。他说。

等你回来，等到什么时候，等到涅槃？还没等我说完，他便不见了。只留下一阵风沙在原地飞升。

我便坐在窟前一棵老桐树下。耳边响起喜多郎的《宋家王朝》。我以为自己又幻听了，后来才发觉是路边喇叭里发出的声音。

伴着音乐，阳光跨进洞窟。所有的嘈杂凝固到墙上，凝固于这个瞬间。

瞬间停留的安静。

在回音壁的声音绝响中，有人开始说话。难道是开掘洞窟的声音？又安静下来。佛陀开始微笑。他露出手和腿，石块和尘土逐渐蜕到地上。有美人在天上飞，衣袂翻转，不是冰清玉人，而是从温热水池中刚出浴的美人。各路神仙在此汇集。其中一个法师敲了三下镲。镲轻颤。没有静止。这厢，木鱼接过声，在佛国水天里遨游。嘭，摆尾。嘭，振翼。嘭，扬头。嘭，出水。跳跃起来成为轻柔的曹衣。那厢，梅花鹿踢踏的声音，五色映衬在山间。有恶魔双腿发软，匍匐在佛陀面前。这厢，佛陀迷离双眼，众弟子喜忧各异。有人诵经，有人弹琴。那厢，各色乐器断断续续在弹奏。马背上有人在吐血。这厢，供养人为工匠送来饭菜，大家感慨这一顿终于有肉了，她接着便被定格在墙壁。我同时也咂吧了一下嘴。

“工具的声音在佛像身边响起，让它响彻天堂！为了父亲，为了母亲，为了众生。”

回音壁继续传响，我仿佛看见佛陀手中的莲花了。他从水中拈出一朵，独自微笑着。

慢慢地，莲花变成一朵蔷薇，佛陀的微笑也变成眼前马尾巴贱兮兮的笑容。我这才回过神来。

你说，我们把这朵花献给那个导游怎么样？自古鲜花配美人，我觉得她太美了。他说。

老子都等你一个多小时了！你莫扯淡，我们赶紧回去吃饭吧。我大声向他吼道。

你陪我去嘛，我们献给她就回来。他说，继续笑着。

要去你自己去，我要回去了。我说。

走嘛。就去给她送个花而已啊。他僵持着。

不去。你自己去找你的女神。我走了。我说。

我转身准备往回走，可他突然上前来用力拉我。天，我一躲闪，他竟然一把抓到了我的眼睛。我的眼睛顿时就红肿起来，泪流不止。

我简直不敢相信眼前发生的事情。我向他猛冲过去。我们重重摔倒在河堤边的水泥地上。我们在地上翻滚着，我把他压在身下，用膝盖狠狠碾他的手臂。

这都什么时候了？老子要回去，要泡妞你自己去泡！我甩开他，把包从地上捡起来，独自坐上了回去的车。

（五）

这趟逃离暴力现场之旅产生的激动情绪一下子全消散了，在我上车后的半个小时就消失得无影无踪。当时我正穿过道路两边的沙浪。现在，我对那些起伏的沙堆、野羊以及周围成片的白杨，还有天上可以供人大快朵颐的白云都不再有兴致。我难道对美有抵抗力了？这时，我才觉得，只要你敢来这里放一放你的心灵，完全把它交给风，交给星空，你就会着了魔似的，再也离不开了。这回之所以这么激动，也许是因为我想挣脱这种自己陷入的迷狂之境？我突然意识到，对兄弟大打出手一定伤了他的心。

因此我叫师傅往回开。现在他骂了句什么我也管不着了。我脑门上淌着汗，眼睛还肿着，怕见风，迎风就流泪。我注视着车窗外，等待着那片绿洲的突然出现。

“采花恐污花，风吹芳草间。献花过去、现在、未来佛。”

到晚上，始终没能找到他。

我回到租的房间。又跑到隔壁，打开灯，发现里面出奇地静。就像梵高画中的椅子，我看见马尾巴的椅子静静地站在角落。一旁是他正在晾干的画作。画上是一个飞天，她随风舞动，多姿多彩。像鱼在水中，鸟在空中。她的裙裾薄如蝉翼，你觉得一阵风都能将其吹动。但是，你又不忍心让她的衣服被风吹走。直到现在，我才理解婆娑这个词，它本身就是为飞天的舞姿而生的啊！如果你此刻闭上眼，甚至都能一直听到衣物正在风中摇摆的声音。

我慢慢地睁开红肿的眼睛。原来是他没关窗户噢，怪不得吹得他挂在衣架上的格子衬衣唰唰直响。

我关上门窗、电灯，走下楼去。我转了一圈，实在不知道接下来该怎么办。我的心在狂跳，忍不住用拳头捶了一下自己。一男一女走过来，我让开路，看见那个男的吐了好大一摊。

我又走到街道尽头，穿过市区内的标志性雕塑。同样是飞天。我匆匆走着，看到街边卖玉器古玩明信片的摊主正在闲谈。我试图设想，马尾巴或许悄悄去了洞窟内，晚上被飞天带走了。这样他就可以见到他的女神们了！我马上又拍了自己的脑袋，觉得自己真是胡思乱想。

我试图设想曾经铁三角在诗社的活动上表演桃园三结义，从此也就真的成狐朋狗友了。我们一起通宵谈古论今、谈天说地，在明远湖，在江安河，在桥洞下，在马路边，我们高声朗诵诗歌，甚至面红耳赤地辩论，到最后各自保留意见，不欢而散。可第二天大家又在一起把盏。

再怎么也不能那么激动啊！但是我当时情绪不稳定？我一面自责，一面想办法为自己辩解。我想到之前我们一起去做家教挣这次的流浪经费，结果我和大地纷纷被家里人喝止。计划败露，批评说，未必你们不知道父母在不远游啊？因此最后就只有马尾巴一个人固执己见，来到这里。之后，我在家软磨硬泡，才说服爸妈，前来与他会合。可现在呢？还是哥们儿吗？你先动手了！如果在，大不了道个歉嘛，可这会儿他在哪里你知道吗？我心里很乱，不知道该做些什么。

这时候，一阵风吹过，路灯照过摇晃的树枝一阵乱摆。城中心雕塑上的飞天反弹着琵琶，在夜色里保持温柔。又是婆娑。我想，明天一大早我得去窟周围打听打听。

（六）

一个长满胡子的叔叔抬起头来。

“我们这里的确新来了一个人。”他说，上下瞧我。

后来，我才得知，那天自我气冲冲地走后，马尾巴拍了拍身上的土，独自去献花。但被那位导游小姐拒绝了。因为她早已经嫁作人妇。我窃喜。由于时间太晚，已经没有回城的车，他就到旁边的上清观里借住了一晚。那一晚他辗转反侧，怎么也睡不着。

这个胡子叔叔便主动过来开导他。

然而没想到的是，独自守在这荒漠之中孤单成癖的叔叔，他的人生阅历、口才、读心术实在是太强悍了，再加上来这里朝圣的人心灵本来就柔软，在彻夜开示之后，这个傻兄弟居然决心以后跟着他在观里修行，拜他做灵性导师。

我相当讶异。

也只有马尾巴才干得出来这种事情。我便兴冲冲爬上楼去，找到了他。

你认识的马尾巴已经不在了，从今以后只剩下言聪，施主请回吧。他说。

还跟我演电视剧呢。我心想，看哥哥怎么收拾你。我便接过他的台词，故作深沉，跟着他入戏起来。言聪大师好，我是来这里找我兄弟的，我想对他说一句对不起，我以后不会那么激动了。我说。

施主，你兄弟不在这里，请回吧。他居然还沉得住气。

那好，我就不打扰大师静修了。我说。他居然将和尚和道士的台词混搭在一起，什么施主施主的，你不应该是道士吗?

好的，我走了。只不过……有位婆娑的妙龄小姐在下面等你。对了，她说，她是一名导游。说完，我便准备下楼去。

真的？

在哪里？

她在哪里？

看来，这一招果然见效，这傻哥们儿奋力一跃，便飞奔下楼。

老子骗你的，你个傻子。我在后面大笑。

他猛然反应过来，原来自己根本尘缘未了啊！说着他也笑了起来。

（七）

这是七月。我们看见莫高窟外有无数的沙枣，果实把树枝全压得弯弯的，等待我们去为它们减除一份负担。

多少苹果红得像美女的脸庞啊，没有我们去吃它，赞美它，便始终委屈在那枝头！还有那遍野的云朵，窟内说不尽的故事。

当我们最后将所有花销全部用光，将窟前所有沙枣和苹果全偷光的时候，我们便带着满身汗臭与诗里画间的婆娑姿态踢开了大地家的房门。

你知道吗？我说，世界上有两种人，一种是去过敦煌的人，一种是没去过敦煌的人。

情　识

（一）

“中国很忧伤，充满挥之不去的回忆，长久的记忆，本身就是一个梦，二哥开始了解荒野的树林上空那红色晚霞和年轻的护林人在山脉间的意义，有着鼎罐的老棚屋，这场长长的旧梦。”

刚把这一段添起，就发现常象贤先生正在冥冥之中给予我勇气。他家的小木楼是一派死亡景象，厨房满是白色的蝴蝶，云安那古老的、泪水长流的老四方客鬼魂出没的地方，全都散发着盐巴和痛苦的气味。

我曾在秋天红铜般的夕照里，与某人兴奋地交谈。巨大的阴影交汇在田野间。电线、网路宣告着这宇宙的全部恍惚，在它的一切烦扰、煎熬、最终的迷雾和满肚子不合时宜的混乱之中，你建立起人间关系，有时谈起柴米油盐，而我连醒来时枕到亲人臂弯的安慰都没有，唯有清早的一身冷汗。

花一周零散的时间，终于租了个新房子。第一件事就是闭门写作。我坐在满地散乱的书页间，将大月亮遇害的消息告诉给远在天边的常说先生。巧的是，此时，窗外月亮成了我的不速之客。

搬书架可真浪费我不少力气。风吹过，似乎要把人烧晕。我背上背着黑锅，两手摆着架子，像蜗牛那样一个台阶一个台阶缓缓挪动自己的硬壳。三轮车也累得不行。扬眉吐气换回的却是后轮爆胎。开车的大姐惋惜不已，连忙给自己的老伴儿打电话：

“昨天才换的一个胎哦。二十八！一天都跑不到这么多。”

我早已满头大汗，却不知该如何安慰。如果三生有幸，那么就让汉语国度的孩子们读到，2016 年 7 月 18 日夜，有位无名大姐的轮胎爆胎了吧。

（二）

批改孩子们的作文，发现有位同学用到“情识”两字。

我心头一颤：难道他是散落在人间的通灵者？再仔细一读，哦，原来他并不是写的这个词，而是“情况”，把“况”写成“识”了。

但谁又能说他不是灵性孩子呢？只见他继续写到，几年前自己患胃炎，痛苦不堪，住好几个月的院，为此还留了级。复原后，拖着由于激素打得过多而变得肥胖的身体，再次回到教室时，天真地以为所有人会跟着他一起留级，可进门看到的全是陌生面孔。

那些从小和你一起游戏的孩子还在游戏吗？想起小时候最最忧伤却又最最享受的时光莫过于玩捉迷藏时被别人找不到。当你躲在一个隐蔽得大概只有你自己能发现的地方时，会暗中窃喜，可如果过了很久都没有同伴来找你，你又变得焦急，终于等到大家都已经放弃找你了，开始新的一轮或者别的游戏了，你仿佛已经凝固成冰凌，耳朵里听得见那些伙伴的欢声笑语，甚至在隐蔽的暗处静静眨着眼睛，那样的时刻忧伤油然而生。为此，你还特意为未来的孩子创作了一则童话《流霞》。

那个四处冒险的杰克呢？当你从书堆里翻开这本泛黄的《面包人面包城》，十多年的时光又在此刻重叠。算起来，这本书的作者孙可小朋友应该已经三十多岁了吧。他还记得自己曾在十多岁时幻想过世间万物吗？他还记不记得，曾和一位卢鑫小朋友隔着书本，一起疯狂肆玩文字游戏，如今，卢鑫小朋友还在孤灯之下证悟万里河山、思如泉涌，孙可小朋友呢？

观我生进退，未失道也。

此时，我和八岁的我挨在一起，把妈妈讲过的《皇帝的新衣》与《滥竽充数》永记心底。我要给他讲月亮地的玉，他要给我讲啰唆王国的奇遇。我们喋喋不休，泪水与汗水交替。

时光回到五个月前。母亲去北京，我们在地铁上遇见一位要钱的人，我看他四肢健全就侧过脸去忽视不见，却发现母亲翻检她的“大麻布口袋”找出几张零钱递给那个讨口子。我说没必要，母亲说“看起来遭孽嘛”。那一刻，母亲在我很小很小的时候给我讲过的道理、故事全都活了起来。它们就像穿衣镜上的梅花与白鹤，香气聚集、翩翩飞舞。谁说过去的已经不在？如果不在，那为什么每天早上起床，我们都是接着昨天的世界生活，而非重新创世？

孩子是残忍的，残忍到将孤独忘却，但同样也是慈悲的。

随后，我又从一个孩子的作文中读到：“我的头发非常黑，就像小老鼠的毛毛。”

再也没人敢用这样的比喻了。不是不敢，不是不会。有情有识是天恩祖德。

而心本软。

夏　至

（一）

随着时间过去，笨蛋们创造出的历史阴影甚至破坏了日晷的精确性，我大汗喷涌，背着旧包裹四处车来马去，似乎不是我，而是那些江水、高山、房屋在移行。穿过松林与田野，在突如其来的深谷里，在急速退后的村舍间，那个大手提大茶的白衣青年，笔没有停，打算用意识将墨水用尽。

璀璨的行星与黯淡的星系一夜一夜地从你遥远的头顶飘过。

但是此刻，在这记忆之车厢，它们无疑是在预告某个夏至的精髓。有诗为证：

西湖篇

天真的孩子刚打烂苜蓿盘，世间就下起曼陀雨。

川内的蚕都老了，麦子黄透了，

而这里的前山、后山空空如也。

推开湖水，野鸟与自己的黑影重叠。

推开湖水，天地就这样静下来。

上弦月的夜晚，古人今人交头接耳，与你拥抱团圆。

是谁家烧的夜香吗？灯火一般。红也一般。

不是这个夏夜？

然而昏黄的下弦月从飞凤山头升起。寂静之中，一片柚子叶落在白石桌面上青涩的声音都能使人神经一震。岑岑双柑树，婆娑一院香。有诗为证：

夏夜篇

有多少日月星辰穿过我们身体，

就有多少先辈从门中重新起身。

你出门的时候，我也出门。

我们在门外坐定。

灶里再添一把柴，锅里再掺一瓢水，
缸中月亮正如穿衣镜上梅花一样清醒。

院子莲叶般卷住我们，清香扑鼻而来。
今晚吃洋芋片、凉稀饭。

云朵挂在房梁。山脊坍塌无声。
喝稀饭的呼呼声还在暗中瞬息。

也不是这个夏夜？

——报名了。我又找不到公交车。最后终于抵达自己的宿舍，所有同学都重聚在这个大学堂。学堂在高山之巅，在生命之源，所有亲人都已经知道我放逐的事实。妈妈也来了，她开着三轮车带我回家，吃土豆片，我吃完去学校上课，此时我才觉悟：原来自己已经是一名教师了。教室在高考，我要去上一对一课程，可爸爸说一对一的学生还没定在哪个教室。我们放学了。看见人潮内亲人们都逆流而行，坐自己的车，回家。我去坐公交，又找不到站，这是人生最悲哀的事情。人群来到一个峡谷，水从峡谷中的高湖泻下。清澈如软玉。水中有鱼群，有蓝色海豚，有企鹅。小孩惊呼，我也惊呼，凉风从对面山顶吹过。我们吃饭过后只独留我一个。——醒过来才知道自己永远都是这个世界的孤独旅者。

我打开窗，发现仁义路正在下雨。有诗为证：

仁义路，夜雨

我睡过悲凉的地铁，埋在地下的人在黑夜的氛围里浑身哆嗦。

我睡过往南、往西的铁道，在尘埃满桌的棚屋内，安静打坐。

我顶着风上班、下班，像老辈子进出战场，恐惧地到处奔跑。

夏天一到，桐子油就会往外渗。风声就像琴声呜呜吹遍小城各个角落。

每颗心都似一把风琴高悬。每颗牙都在疼一个意念。

鸽子也在屋檐、老瓦间咕咕叫唤。这地面，这街道和生命的影子都是神圣的。

男孩们、兄弟们和那些整天叫嚣的人们都在这生灵的海洋里。

外表斯文的小混混满口老子，还一边抽烟耍赖。你的五月依然还会到来。

但你永远都不会知道——松林生长满坡的菌；思绪如星星陨落。

生命的秘密大地漫无边际。始终有女孩。始终有母性。

始终在用泉眼、用眨眼、用心眼洗褪挂在她们眼睫毛上的旁骛。

记忆的目光是这样坚定地聚焦在一个手捧烂稿纸、笔不停的白衣青年身上，以至于那各种各样的地点——沿渡河，野山关，燕山，西湖，月牙泉——记忆和有清芬绿色的爬山虎，能越过一些障碍，穿透一些障碍，巧妙地爬进狭窄的缝隙，从而横跨漫长的距离。

“吃得，饿得，走得，做得，挨冷得，挨热得。”愁眉不展茫然沉思了好一会儿之后，象贤先生这么说，他在回想消逝的青春，古怪的倒霉事，莫名其妙的流言蜚语，显得筋疲力尽，浑身酸软。

这个亢奋难抑的新世纪，越来越多的老年人被甩到信息公路之外反倒有些不同，而越来越多的年轻人在统一的信息诱导下居然日益大同。年轻人到底怎么了？

我们坐在出租车里，绕着火车东站转了五圈，可怜的司机还是没有接到要接的人。于是我们阴差阳错开进地下室——堵车开始了。见鬼了。后来一个熟悉的口音打开了车门。“你是云阳的吗？”我欣喜地说我也是云阳人。可他如同一瓢冷水。等车上只剩下我和司机的时候，差不多已经爬上了圣地亚家居。这时，鼻尖仿佛停靠有蝴蝶的小孩儿们同时笑了起来。

（二）

“大家说说看，作文是怎么写出来的？”

“编出来的！”

带一个月“土匪”的滋味是独特的。从绵阳回来，又走上讲台，给孩子们分享写作的快乐。把牙巴骨磨得锃亮，却听见追命的笑声惊扰江河。

这时候，王师父说：

“大家都在谈‘中国教育’，骂声一片。其实‘中国教育’在哪儿呢？那不过是个抽象概念。只要让孩子打开古书，静心读一篇《诗经》；只要自己热爱并勤奋努力学习汉字汉语；只要父母爱孩子，并彼此相爱，清明时节，带孩子去给逝去的亲人扫墓，‘中国教育’就不会没有希望。

“树长在这里，家安在这里，亲人埋在这里，所爱的妻儿生活在这里，我想，假如‘中国教育’出了问题，那一定是我的责任。我愿承担起这份责任。”

（三）

所以说，任何事都要自己证悟。这并非事事都躬亲证明，而是推十合一——天下非有公是也，而各是其所是。

比如：读西方文学多了，反而更加理解东方文学；理解多了英语思维，汉语又有了进一步提升；工作了，累肯定累，但反而写作更加顺利——哪来的什么理想、现实不能兼顾？前提是你要永远谦逊，持续学习，笔下世界才会气韵生动。现在我在学校上课，学生总问："怎么弥合理想与现实呢？"我也老是这样回答："哪儿来什么理想、现实。"理想就是现实。现实就是理想。它们就是一体啊。

故事，是写出来的；人事，无一不复杂。这又使得写作者要练就"玉是精神难比洁，雪为肌骨易销魂"，既清醒又迷醉，但永远不做高人。有孩子们的星芒为证：

"我们是同一棵树上的虫。"

"太阳像针一样满满扎在我身上。"

“我们的球蛇一般钻进草丛，销声匿迹。”

“家长们荼毒了一池青蛙。”

“你不用做我的大荷叶了。”

“同学们踩在我背上，我看见灰尘在我眼前旋转。”

“上帝永远也不会听我的。”

“世界在我们眼前散开来。”

灵性的眼光宛如萤火虫。人间说少也少，说多也多。

（四）

莫须有的几句话，莫须有的结论，就可以谈古论今，到处讲文学、人性，却把真正的人束之高阁、弃之不顾。

“我心匪石，不可转也。我心匪席，不可卷也。”其实，能卷、能转的除了席与石，还有水。上善若水。若此刻窗外、眼前闪电惊雷中的雨水。索性翻开书，看见布莱恩的“一姐”说，“道”就是“道路”的“道”，如水一样的“道”，任何高山、低谷、净土、穷壤、下水道都能移行，唯一不能做的就是违背大自然的事情——要炸雷就让它炸雷去！

谁谓行路难？

到了万州离家就更近了。街对面是阴冷的招牌霓虹。你睡在某个古怪的、灰白色的顶层阁楼，冷得发抖。腊月的一个寒冷夜晚，在这个钟点房内，隔板左边男人的咳嗽平息之后，隔板后面水龙头开始滴水，时而微弱，时而强烈，最后竟然滴进深邃的时光之梦。

"随着中国进入高度文明，没人会再为火车与怀北庄拂晓时院篱上的冰露而变得多愁善感，或者诗意十足。"

看吧！你又在说杰克式话语。

无聊而忧郁。

当你神情阴郁地整理外衣，中国无与伦比的夜景，出租车、匆匆走过的人群、娱乐会所、书店、批发市场、热气腾腾的夜摊、服装商场、便利店，腊月所有的光明与暗淡，都被这些高悬的彩灯、小区院墙、大门、停车标志变成一个个谜团。

当你重新戴上口罩，走在深夜的中关村街道，为了避免拖拉出刺耳的响声，就像拖着一把剑，划破地面，你双手抱起沉重的行李箱。随后，江上日出，向你洒下晨晖。行李拥有了双翼。

你已经收拾完毕，再度卷起铺盖，扫除灰尘，在大汗流淌的黄昏，蹲在早已忘却的贝壳出租房里、书架前，回顾某个年月拊膺看过的书页、流过的笔。

咂吧嘴，大口吃完自己做的饭菜。

拖完地，反复擦拭根本没人造访、没人来坐一坐的茶几。

那边的窗户再没有映出其他灯光了。我要告诉你发生了什么事情：孤寡老太太们走出夜，看上去显得苦恼无比，不像少女们腿脚灵便，眼泪甘甜，可以跳来跳去，哭来哭去，她们只能在空旷干涸的心灵里漫无目的。我走在这些街巷，想起奶奶说过她曾到过的地方，她丈量过的中国，她幻象中的无数个中国。混乱的年代，简单的日子，却比我更会迈步。

“每当写到一个‘重’的段落，都会想起——‘幽默可以，但是要有一个严肃的主题’——卓别林《大独裁者》——‘重为轻根，静为躁君’——北京飘大雪的冬月十六，我独立，我夜起，耳边是喜多郎的《沙漠绿洲》。不只是阅读但丁那些日夜梦见的高高悬崖，而是尘世间焦虑的高高悬崖——我睁开双眼梦境消退了悬崖不见了恐惧消失了佛为我纠正了错误——事实上我在翻身靠墙，尖叫自己的影子，没有顾虑——怀柔坟墓燕山脚下的白痴世界我骑着车走向篱苑书屋但是那里没有开门狗吠核桃皮肤如铁——那些无名的朦胧的流泪的窗户，金色，黄色，奇怪，总想打开翻出去跌入湖水与自己的黑影重叠。”

第一次出川生活，豪情万丈，就好像落地的麻雀好奇地到处晃荡，就好像透过半夜的宿舍窗户看出去，暖气在屋内升腾，寒气在窗外的禁火林地凝聚，屋外不远处黑暗松林里出现电筒光束随意甩动，我猛然惊醒，恐惧的心灵一片空白。

“是什么让你这样恐惧？”

“我不知道。它永远是一个谜。”

我们根本没办法逃脱各种谜团。有时候也是且悟却执迷。这一年，我做了很多被人认为是不理智的抉择，内心其实也具有茫然无知的特性。三年的放逐生涯是无法把握的，三个月的流浪岁月也是已经逝去的，而如果女孩、幻象、万物，都以同样的方式永远离开了，我只能接受这种执迷。

游历继续。北京所有工厂和全部公寓楼群的机械设备发出的海浪般悲鸣，诸如走过的所有生命之道。我依旧是那只白猿，蹙着眉头，下雪，燕山，俯视环内环外的楼群，江河之青女，旬芒的荠麦青青，及至的心态，松林，蚂蚁，枯骨，关山冷落，夜里谷底，从步兵的梦中跳出来，大步跨到街上，在路灯和月亮下面，坐在角落里，打开灯。

又关上灯。

唯有颂声来

火车从脚底呼啸而去。满载腊八的儿女。我在桥上站着写下这几个字。现在，有一个肩扛手推车的叔叔从我身旁走过，他弯腰捡起眼前被他无意间踢到的几大坨纸团，顺手就将其扔到一边的垃圾箱。又一次文化的例证。对比而言，我只是个四体不勤的诗歌青年，从南岸走到北岸。

道路越来越狭窄了，一位推着行李箱的女士为我让路，我内心不安，于是选择停下来，为她让路。做一次绅士也好啊。

很多拖着行李箱的列车员经过。尘封的行李箱满载心思。或者深夜跨过中国南北的梦境。青山。江水。茶杯的温度。儿女的礼物盒。可我带了什么？事了拂衣去而已。

叶子到现在已经如此干枯，踩得到处嗞嗞作响。又要搬家了。均儿从遥远的郊县赶来帮我。上次见她是两年前。活蹦乱跳的样子。现在，外面在下雨，冻得人牙齿打战。雨却没能让她苦恼起来。

满满一车家当，都是生活的点点滴滴。我还是扔了不少。月儿的一切我都珍藏着。再也回不到当初了。透过稀稀疏疏的树枝，可以看见城中某些家庭的生活之窗。这些玻璃窗户也折射了夜。

路边装垃圾的簸箕已经负重，里面都是枯而又枯的落叶。地面积了连续几天夜里一池的雨水。天空仍然在飘雨，仿佛是雪。今晚则会变得更加冷清。就着满屋狼藉，均儿在厨房里做了菜，我差点儿吃出泪来。但还是和她大开玩笑。冬天已深，到那时，谁还会常来这空寂的爬山虎之屋呢？

很久以前，我原是月亮地的一个孩子，此时，我依旧是镜子里那个大鼻子、大头的家伙。我是愚公，是骑爬山虎的骑士，也是一只白猿，观望着自己的人生广场。你已经知道，放逐三年、流浪三个月后，我努力证悟了一些事情，却每天面临解释解释解释误解误解误解。我要做的，并不是一位和别人大不一样、生活在与别人不同的世界中、派头十足的艺术家，而是一位生于大地的普通家庭、由和他父亲相同的泥土做成，饱尝辛苦、劳累和痛苦的人，他也完全了解他父亲和任何活着的人所熟悉的那种种痛苦、失败和挫折。

矛盾吧？我早已从那些蜘蛛研究员的房间毅然离开，并随手紧紧带上房门。尽管友谊之树、爱情之花逐渐凋敝。

扪心自问。凭什么不听从内心的召唤呢?

挣扎吧！艰难的日子才刚刚开始。

下班的时候，风中带雨，路过卖糕点的铺子，买了一小个，糕点小哥说:“今天最后一天咯，明天就回家过年啦。”顺口就问他:“你哪里人？”标准的川话:“江西的。”于是我向他祝福:“新年快乐。”

“时间”是人为限定的。我们却老生活在“赶时间”之中。可大多数情况只是“时间赶”。你能改变头顶的云层，并不能改变自己的灵魂。昨天一直在想，怎么你们都变老了啊？我们才二十岁呀。允许犯错，允许“初生牛犊不怕虎”的二十岁啊。

云利路的风在车窗外盘旋。柏杨下是阳光满面，远处七曜山脉最顶端则依旧是充满神秘、用于风力发电的大风车一排排。马上要到达高处了。房屋一闪而过，其中有一间墙上写着残缺的“出生人口素质”。这时覃添打电话给我，问我何时回家，我问她到哪儿了，“不知道”，后来她问车上的人才晓得已经到岐阳，我说早就过了我家。

我的车子继续爬坡。突然想起那年坐长途卧铺汽车从云阳到陇西去月儿家。半夜汽车打滑，茫茫白雪覆盖整片秦岭，我们所有乘客在秦岭最高处推车，冷风从中国最北方的辽阔平原径直吹来。古老、孤独的味道——

“临眺忽凄怆，人琴安在哉。悠悠此天壤，唯有颂声来。”

“是以目观玉辂琬象之状，耳听白雪清角之声，不能以乱其神；登千仞之溪，临猿眩之岸，不足以淆其知。”

今天腊月二十八了。窗外有人家正在堆火土，浓烟滚滚飘散，去年这个时候我也在路上，在路上干吗？由北方雪原穿越南方群山，灵魂无限斗争。又看到那座泥墙房子。每次坐车都能看到它，可我至今对里面住着何人一无所知。房子是那么简陋，那么狭小，却充满祖先的鼻息微温。前年冬天从云利路坐车离家时，它门口在办喜事，鞭炮声空前热烈。我也幻想自己当了转瞬即逝二十秒钟的新人。沾了喜气。沾了祖先的光。说话间，写着这几个字间，已经翻上云顶。今年夏天蹭着某位叔叔的车回来时，他偶然提到野人洞，那个多年以前由于川鄂交通不便，会集着令人闻风丧胆的、来路不明的亡命土匪之洞。他说有回在野人洞周围停车撒尿，都还能感到双腿灌上来阵阵阴风。那晚，爸爸来接我们，我们和这位叔叔告别时，在云顶的一个农家酒店院子里站了很久。他们谈话间隙，我看见星光一直闪烁。

现在，车到达龙缸。黄昏已经笼罩整座七曜山。

何意狂歌客？

酒入五脏六腑的时候，经过城北医院。一个女孩在马路边放声哭泣。哭得那么伤心，或许是家里出事了，看起来并非失恋。当然，你也有过号啕的经历，那是一种完全喷涌的心情，也不是遭遇人生的困境，就如同放声大笑，在城市峡谷，在真实的峡谷，笑声穿透愁肠。

现在你已经漫步到成华区硕大的垃圾场。那种在纪录片《轮回》里面见到的场景。双腿开始发软，但还不至于走路打偏偏。两旁是车流穿梭的道路。其间有一个橘子安静摆放在那里，就像一尊佛陀坐姿，又像一个远古的魂魄。蹈火无殃，能大能小，能圆能方，完全一副苏世独立的模样。橘徕服兮，置以为像。

冷兮兮阔步走在驷马桥。有人在等车。有人在风中摆摊卖面筋。耳畔环绕着“更休落魄耽杯酒，且莫猖狂爱咏诗”这样的句子。

像小时候那样左手甩动大布袋，任它在手中转圈圈，而里面那本《茫茫黑夜漫游》却茫然无知。塞利纳也茫然无知。他静静等待死缓。杰克喝酒的瞬间，忘记了大腿丢弃的睡眠。

你当然已经喝得晕乎乎飘飘欲仙，还以为自己身处保福寺桥南。叫他，耳朵里打开音乐……咯咯嘎哈嘎嘎……这是去年的孤独浪漫，北京大雪中的咏叹调。猴儿们半夜熟睡，你和一片一片又一片雪花飘扬在保福寺桥那些错综复杂的城市街巷。三点它它它它跑到雪中，满雪地都是它它它它，不到两分钟就写就，雪花飘到纸上，分明和墨迹一起舞动卷云皴法，相信，这是祖先的赐予与传授！激动不已激动不已，好不容易好不容易啊，四点多已经辨认不出自己的字迹。保安在他的值班室内踏灯而醉，你用笔接雪花，让它们在笔尖开花。同时，字迹一笔一画显露出来，缪斯妹妹也到雪地里来陪伴。她们捕捉寒月，而你已然变成一只燕山脚下的白猿——和阮步兵翻身驾马行到路穷处，哽咽得像一个婴孩。你神情恍惚地走在白雪大地中，努力回想起六千公里以外另一座城市中的巧玉，就像回想起五岁时沿着野山关那吸引鼻子的桐油味走到山顶寺庙中的那个幻影，以及在那之前之后都跟现在这个“我”毫无关系的其他无数人。因此那座寺庙要么位于天上，要么位于梦境。列车在广漠的夜色中飞奔，呀，呀，咚咚，车厢内，灯熄灭了。嗒咔——嗒咔——嗒咔——山顶洞岁月痕迹没有世界的边缘，最后生命的饿与快乐，党参，树枝摇摆，三七，佛陀山峦的喜笑颜开，呼哧，呼哧，隧道尽头，有万千个鬼魅在等你。嗨，嗨，嗨——咚咚，咔啪！打火机。月亮寒光乍现。数千个小城镇。嗔。嗔。——唔。唔。唔。灯火渐行渐远，你的思维突然带了一种悲伤，这一年的年轮挂在你的身上，没有蓝光。

这一年，字被风越吹越乱。简直是鸡爪刨的。噢，不，是雪写的，车轮写的，夜灯写的，桥写的，河流写的，山雨写的。“回顾所来何处停，寻寻，一寸足迹一寸心。”——茫茫黑夜漫游。

这一年，你已然更加深入地、更加理所应当地充满渴望。渴望友情，渴望爱情，渴望精神。风华正茂，有着青年人的忠诚、挚爱、温良和谦恭，有着高远的志向和坚定的信念。“如果全世界都一个观点了，你能成为它的反面，这该多有意思！”

听从内心的召唤，令人误解成自私，这是最百口莫辩的一件事。于是灵魂无限斗争。就憋着，就自己证悟——停于表面的，口舌的，做显眼的，建造高楼大厦的，这样可以让人快速感动，快速落泪，说服自己，打动别人，让一切早日翻篇。“以十年为一个单位时间，没有做不成的事。有时需要忘掉自我。无我方为真我。”这话说得很对。但面对至亲该怎么办？往往，不说就等于没做，不做显眼的就等于无限小，偶然显眼的做得不好就等于无限大。光说“不要在意别人的眼光”没有用，因为要你说你的确又说不出你为这份情做了什么，除非江水可以为你做证，天可以为你做证，或者把心剖出来。那些意象可以为情义作见证吗？然而这些意象同样是不可说也。从文学上来讲，明明当时有明月在场，有水仙花在场，有双石门在场，有鲫鱼汤在场，是你把信物丢了呢，还是我送的信物不够有诚意呢？

现在，看到什么就写什么：中国建筑、西林路、水泥、河沙、战乐。要对你说一把硕大的锁。屋内没有灯火。江水叨叨。

太史公曰：余读《离骚》《天问》《招魂》《哀郢》，悲其志。适长沙，过屈原所自沉渊，未尝不垂涕，想见其为人。

那些日夜，和聪儿放纵诵读屈原。他好《离骚》，你好《招魂》。“所有英雄人物及其壮举皆在你面前不值一提。”忆与君别时，泛舟如昨日。夕阳开返照，中坐兴非一。

现在我们来看看那些女孩。她们站在月光下，等人，把手揣进衣服兜兜里。手心温热，彼此藏着小秘密。

车灯开始闪烁，你撞到墙壁。接着是转弯，站着看红绿灯。时间与河流在脚下游荡。凤凰河里已经没有了凤凰。凤兮！凤兮！飞凤山多是这种祥鸟。凤凰于飞，全把头埋在翅膀里。常常恐慌填补沟壑，没有缘由振动羽翼。慢条条拿出笔记本继续开始涂画。索性坐在路边，没灯，就凭感觉写。——运用王师父提出的“通灵写作”。你从《一直》就开始实践了。居然也如王老师所说，怎么写怎么有。杨宪益先生在《去日苦多》里说，曹操的《短歌行》多半不是他写的。“何以解忧，唯有杜康”不是他写不出来，而是杨先生读出，那里面包含很多人的心与口。并非只是以曹孟德的口写其心。他觉得，从口气上来看，这首诗歌应该是饮酒时在座的曹操门客相互酬答的歌词，可能是主客每人咏唱一句，或者像行酒令，你一句我一句，最终由某个书记官记录、整理、编辑、保存下来的，如同《兰亭集》《吕氏春秋》《晏子春秋》……推而广之，甚至现存很多经久不衰的文学作品都是这样流传下来的。杨宪益先生是翻译《红楼梦》的大家，他的这种说法一下子就解释了什么是“通灵”。比如《红楼梦》里面的诗歌，数量那么多，那么巧妙，那么层次分明，我们会钦佩曹雪芹的天才，会惊叹他是怎么做到的！但我们想没想过，或者其实“通灵作者”曹先生只是“听写”呢？也就是说，他只是一个书记官，曾经他的家族确实有过这么多次对诗的场景，他只是把大家的诗歌记录下来、整理、编辑、保存，最后利用他的“通灵”之手将其镶嵌到《红楼梦》中。这也正是王师父的“听写”。或者说，正是杰克的“自动写作”，正是兰波的“通灵写作”。联系你自己，则是与祖先、与我所熟悉以及不熟悉的人与物、万事、万物之间的对话，你听到她们、他们、它们说什么，就记录什么。比如：“我们在黄色屋子下面闲荡，尝了时间的茶叶尖。你哭着哭着，就哭成了湖水。”这里，“我”并非我，“你”也并非你，可能是画中的一个年轻女孩，可能是一朵云，可能是一个匆匆而过的老朋友。又比如：“双臂断了，没有关系。时候一到，我会长出千万只手来。”“我”又变成了千手观音泥塑。然而这些都不重要。重要的是“我是另一个”：你打开自己的耳朵，谦恭地、充满温情地听万事万物“另一个”说。找到本质的“一”，同时创造出“丰富”。创造过程就是一个更新自己的过程。如同风，在现实中无法捉摸，却真实存在。因为真实比现实好。真实是内心的跳动，一加一等于一，同时也等于无限。你打开眼耳鼻舌身意，同时也无眼耳鼻舌身意，因为外在与内心同属一体。“听写”的是“通灵”的，“通灵”的也是“自动”的。语言以及心灵的枷锁被彻底打破。所以，骑士为什么要骑爬山虎，是因为根与大地相通，与世界接通，与祖先接通，感赖天恩祖德，所温情与敬意的一切才会赐予你这个后生源源不断的创造力。因为那是我们的共同道路。根深蒂固了，开枝散叶也就能够触及任何罅隙了。凭着通灵慧眼、心目，你“看见视觉本身”，发明“新的花，新的星，新的肉和新的语言”。

所以，这些汉字现在都是心似精灵。一个跑步的叔叔走过来，差点儿踩到你。不过，你吼叫了一声，他便绕道而过。你头顶五十米高处是一座塔吊，万一有重物此刻坠落砸死你该怎么办呢？来不及想这些问题，几个女孩又走了过去。

曾经的怀柔时光，你在男孩女孩中间交浅言深，当众朗诵诗歌，借酒劲沿路奔跑，并且重重摔倒。而所有人只是看着，当作笑话。又反复向那些惦念的人儿打电话，却被对方认为是发酒疯。所以不敢沾酒。现在，你也没有沾酒。只是努力实践沃尔夫密西西比河般浪涛涛的写作方式。或者说，思考方式。诉说方式。不敢说它的价值，但至少，拥有一种真诚的口吻来倾吐。当下你清清楚楚地认出了道路，看清道路两旁方方正正高高大大的屋宇，湿漉漉的土地，月光下灰蒙蒙的墙壁，犹如参差不齐的大块冰激凌，白森森的。众生喧腾。朋友啊，你能否听懂?

不要担心，这会儿，你又已经躺在家里阳台上。“既醉以酒，既饱以德。君子万年，介尔景福。”窗外是火车汽笛蒸腾。而烧的开水也在屋内热气腾腾。

拾　得

“他们经过流泪谷，这泉源之谷秋雨之福。好像落花降到冬至过后的菜蔬中。”每次从暗淡街巷飘然而过，时光就会像白色飞蛾涌来。而这时口中念叨的就是这些句子。

想起以前年纪小，有段时间喜欢看一位诗人的作品，后来偶然一次机会听他说，他不写小说是因为觉得，我们的生活太他妈像小说了，写还有什么意义？

怒。

弃之。

从那天起，好像开始开窍。原来反面教材也有作用。当然这只是此时穿街过巷突然冒出来的记忆。

我是行走的普鲁斯特。低吟向前向前。灵与肉中雪花纷纷扬扬雄赳赳蜷伏宽厚袍子上。

隆冬季节。半夜十二点。在仁义路。鞋子后跟着地的咔嗒咔嗒声，电梯微微晃动声。以及那些大门的嘎吱声。

这段时间在这里写作。小地方也要弄舒服点。“室小才容膝，墙低仅及肩。”桌上是我的太阳花。昨晚捡来的时候，它已经奄奄一息。只一杯茶的时间，当然，是月亮地的一杯茶，几朵花就开了。哦，深夜！我正和普鲁斯特隔座送钩：

“真正的艺术用不着那么多的声明，它在默默中完成。”

“就像杯中这些，绿色的船只吗？”

岁月隔人去，风尘可自如。偶然流泪处，翻着旧时书：

“迄今为止，最喜欢的作品是《招魂》，读时几度落泪。没有灵魂的人，才大喊大叫。世上太多丢了魂的人。只想做一个独立于天地的守魂人。是为祭。”

“怀柔入秋知凉冷，不似云阳毒热新。”

这又是你曾经在怀柔的读书时光写下来的。温热如昨。现在，它们躺在这本稿纸间，呼吸均匀，一言不发。

你为了拜访一位老朋友，像四处敲门一样疯狂翻书。翻过的书如同羽毛一样铺满整个房间。你并没有寻见那位老朋友。而找到一些过往。

“碎片。总有人以为可以靠着低诉和微吟，将粗犷的人心，磨得渐渐平滑。然而，你是懒得去应和的。或许，只是啸，只是奔突出来的挣扎。”

“碎片。奢侈和淫靡只是一种社会崩溃腐化的现象，绝不是原因。不要轻易‘所以’‘因此’‘于是’。这是‘读书得间’来的。”

“碎片。说不说，年代不年代，雨不雨，夜不夜，七叶不七叶，都是生活的一部分。你是野马，挣脱缰绳的野马。事实上，你是半个你，是砖瓦匠的弟弟，是河神。你或许是一个招魂者，在跳端公，在回家，又在出走。走到大江的尽头又回到内心。其实，你就像个滚动的石头。在河边创造影子的瞬间和哀愁。”

于是，你现在又开始写，孤灯之下，万里河山，写你所看见的世界、心灵和现实的冲突，并对众口一词的声音提出质疑。于是，你又换个姿势读，坐在这只趴趴狗身上。右边是一动不动的大毛毛虫。你一直觉得最真挚的问候语就是“多读书哦”“不要停笔哦”“古语云，不读书，喂条猪哦”。然而这些问候语已越来越少，多时只能自己问候自己。

现在回头看看三年的放逐时光，当初称自己为小骑士、写年代以外的野马传说，你明白了小蚂蚁发来的话：

“一本书，散乱了时间的诗。哪怕把时间打乱，生长的轨迹依然很清晰。我看见一个人的路程，在一本书的时光中长大。

“原先他眼前是没有清晰的路的，他看见的是触及他的一切东西（他敏锐且敏感），他想挣脱，想抗争。而后来，他的王国逐渐清晰，逐渐有力量，他借着诗歌的力量，从混沌的环境中区别出自身，看见了自己的路，并决意忠诚。

“我祝福这个人永远忠诚且充满力量。我感谢这个人，创造了他诗歌的形象，并因此给了我力量。”

我也祝福你。

昨晚梦到好多人。梦到好多场景。人生总在青春最迷惑，浮亦永恒，沉亦永恒。每一步都等待着甘美和悲辛。

老朋友呢？淹没只是隐藏，隐藏是另一种呈现。

人们总是猜度你究竟要干什么，你总是以日常生活的油盐酱醋拒人以千里之外。

“我要让全世界倾听我这匹野马，仰看太阳，在山水间承担温柔的负荷，带着你去轮回青春时刻。”

可我们并没有约好。我们其实谁都约不了。这远与近，有与无，只在分寸之间；只是亲与友，痴与爱，东一块，西一块。

现在确实应该睡一会儿了。穿过迷雾与严寒。——老朋友却不请自来：

“世间亿万人，面孔不相似。借问何因缘，致令遣如此。各执一般见，互说非兼是。但自修己身，不要言他已。男女为婚嫁，俗务是常仪。自量其事力，何用广张施。取债夸人我，论情入骨痴。杀他鸡犬命，身死堕阿鼻。”

雨落不上天

（一）

黑暗沉寂的雨珠里安睡着群星。远处山林里传来夜鸮的啼叫。现在十点半。很久没有这么早睡过了。窗外是山雨。打不了芭蕉，却打着屋檐滴水至地板咣咣嗒嗒。夜是乡村的夜，当然也是熟悉的夜，那种安然的夜从出生到如今。山中雾气很浓，仲夏时节清凉如春。我困极了，很快便进入太白的梦境。

（二）

爬了一天的山。今天过下来，只有溪流哗哗啦啦回旋。不过，也有昨夜的雨，如倾如注，由屋檐落去。也有早晨在溪边放嗓读《左传》，战火熊熊，干烈猛然，凶多吉少，倏忽一瞬。现在，我再度躺到床上。那就任意识飘嘛。

望着天花板，孩子们在各自的房间、走廊、院落内外嬉闹。“收洗衣机，收电冰箱，收电视机……”猜得出来，这是陈都的高音，他在我们这栋三层居民楼下的坝子，用四川话模仿叫卖声。我住一楼的房间，他时不时跑来我窗边龇牙咧嘴。

想起今天白天登山的时候，毕浩峻小朋友一路沉稳，小小身体如同小王子，齐长的刘海，两颗兔牙，笑起来同样羞涩。他不吵，他不闹，不抱怨，即使此前和家人爬过两次，却依然很开心。

我小时候是这样吗？很小的时候确实是这样，多远都愿走，总睁开那好奇与期待的大眼睛，但不如他独立。我走进他房间，这个九岁的小家伙正跪坐在地上收拾东西，只见他整整齐齐把衣衫叠好，分类装进行李箱。我问他，在家是妈妈帮忙收拾行李吗？他摇头，说怎么可能，都是自己解决。好家伙，你这么乖全世界的大人知道吗？他短跑、投篮、下象棋也很好，总是笑，话不多，作文纸上名字写得气贯长虹。

坐缆车下山时，另外两位小朋友和我一起走。左边是严海宁，右边是张诗蔻。海宁娇小玲珑，不习惯一个人睡觉，想和另一个“大姐姐”徐鑫悦睡，对方嫌她抢被子，要到另外的屋子去，但她只是笑，反正没有在意。她的妈妈看起来很凶，不过爱她如命。诗蔻很白，我和她俩在高空自拍。有家长看到照片，发现我和诗蔻嘴的右边都有一个小小酒窝，说看起来像兄妹。不过我还真希望有这么多弟弟妹妹，或是儿子、女儿也很棒。但话说回来，要真有这么多“三天不打，上房揭瓦”的熊孩子，你绝对会吐血身亡的。

现在我脑袋里清空了许多。这种感觉很妙。接下来的时刻则不舒服了。因为脑中不由自主突兀无序毫无逻辑可言一个意象接一个意象一个形象接一个形象一个场景接一个场景飘闪到研究生阶段做的课题《用有限元方法基于物理的模拟》。我终于想通为何最后会觉得一切一切了无意义。除了相关人和事的影响，“仰天大笑出门去，我辈岂是蓬蒿人”的心性，还有一个重要原因是我有了顾虑，有了厌倦。其实现实世界够复杂了，灵性世界都如此令诗人流连了，为什么我们还要浪费生命创造一个复制一个模拟一个四维世界呢？气球扭转变形，水滴，烟雾，模拟出来干什么？美吗？享受生活了吗？我不觉得这些领域是进化的下一步。不充满未知与神秘的工作，怎会令我痴迷？于是，这个思维过程、意识触碰过程，让我对创作越发喜爱了。我的方式是使用文字，同时又相信诗意，生活与诗意一体。

随即我又联想到《镜花缘》。那是萦绕我儿时的幻象。在堰坪乡镇府，爷爷那间宿舍里，我看到黑白电视机放着《两面国》，动画片朴素的画质如同我的童年色彩。绚烂多姿，但并不令人缭乱。而到了十九岁，我真正开始实行只属于自己的阅读法，遵从先辈的阅读法，也即钱穆先生所谓温情与敬意读书法。甚至生活法。那年，我考驾照，摇晃在树林间的吊床上，从《边城》与《镜花缘》开始，编织自己的灵性世界。时光的今与昔相互铺卷。那时，看电视里山东台《镜花缘》动画片的时光，重现了。爷爷喝稀饭，奶奶刷假牙，我吃藕片。《两面国》不但带有长滩河雪花鱼的两面雪白脊背色，还带有江安河照碎灯光的夜色。以及再过几分钟，或者几天后，都没有关系，反正意象接着意象如雪花一朵一朵旋落，《九色鹿》来了。九色鹿现出九种颜色，身体自带鹿王光环。她在山林间畅游，救人，胜造七层浮屠，就像《镜花缘》第一回让花儿一夜之间花信开放，她普度苦难生命。十年以后，某天清晨大雾，我听见李倩倩老师在基教打开幻灯片，关闭教室灯光，背景音乐是女子十二乐坊的《雅丹天女》，她在投影仪上铺展壁画，开始柔声讲解九色鹿的本生，那一刻，教室整个成了佛窟。她拿出明信片，仿佛请出一尊一尊佛，邀出一位一位飞天。九色鹿在教室里面跳跃。果然一年后，我和聪儿如约去了敦煌，见到大漠中的九色鹿。她仿佛认得我，自身光芒依旧照我，那是如同镜中花儿一般的我之影。你我之因缘。随遇而安。而茫茫沙漠都在夕阳中变幻九种色彩。危险潜伏着。天罗地网等待着。而她怎能见死不救？古今中外所有伟大而朴素的先生者都会如此。仿佛天经地义。嵇康先生会出头。司马迁先生会出头。闻一多先生会出头。朱大月先生会出头。九色鹿会出头。他们明而胆。圣灵充满。因此他们渡河时，河流会自动分开。他们走进野人林时，路自会带他们走出来。聪明而一。

最后我翻过身，看见陈都又在开我的窗。于是，我蹬掉被子，翻身舒展，一跃而起，开门，走进院坝，对所有娃娃们大吼了一句：

“查房！”

（三）

第三天中午查房的时候，我们已经从靠山的潮湿一楼搬到对面依河而立的二楼。阳台外河水唱个不休，流淌着仲夏夜之梦。

知识越多，越固着自己的专业，越自以为是读书人，本身就是最大的浅薄。

现在，我脑袋里所剩下的“知识”越来越少了，灵性之眼纷纷开窍。哦，世界！

（四）

鸡整天都在叫。仿若人类有个没个的呵欠。偶尔它们又扯嗓炫耀，公鸡的冠冕堂皇，母鸡的生蛋愉快。同时一些鸟儿越唱越高，“菟突吐，菟突吐，菟突吐”，它们越飞越高。我坐在讲台上写下这些句子。孩子们也在写随笔。我反对现今的学校教育，但我永远相信汉语。这是后话。

我写下这些文字。想起我的文学之路已经走了五年多。第一个“十年单位时间”还剩下四年多。到目前，我越来越认可二十岁时，听到王老师在汉语文学创作课上提到的：一与丰富，借取岁月，走向内心，文学新人，重为轻根。他讲完这课已经多年，但如他所说，那些作品都如此完成了。他是第一个我发现的“真人”，从不在三尺讲台上做道德表演。而我也在努力这样做，做人，创作。我又看了一会儿自己翻译的部分《萨克斯博士》。读起来还可以。“翻译的核心，不是弄出语言的意思，关键是要明白语言的意图。”我谨遵箴言，为汉语表达引入活水。我发现的第二个“真人”就是说这话的张老师。他说自己是“一个非常非常讨人厌的作家，尽说一些违背大家意愿的话”。其实他没说破的是：作家不说就不说，要说就说遵从自己内心的话。文艺的事，就要以文艺的方式解决。碰到这样的良师有福了。归心之人有福了。我走得很慢，但也会丰富起来。“愿圣灵充满你。做好的都是圣灵，而不是我们自己。”这是他的回应方式。

想起此前一个月的某周，每天上下班都在地铁上读《卡迪什》。反反复复读。一遍一遍读。好作品，心碎的作品，可以令人顿悟，或者让你再也写不出。我属于前者。

（五）

说起芭蕉，窗外就有了芭蕉。可以听到雨打芭蕉的声音。不过，雨停了。芭蕉叶大如巨扇，摇动着古代的风。白石老人的风，徐文长蘸墨过的风。风吹耳朵，困倦了。

醒来时是清晨。创作就是更新自己。很多人总说每天都是重复。对此我不能苟同。创作者本身最关心的无非是未知与期待。上讲台是未知的。回忆是未知的。生活也是未知的。只要有勇气，放手前去追寻，这样的过程就足以称为“创作”了。所以，日光之下无新事，但事事可以变化无穷。文学是变化的。像水一样。这就是“一与丰富”。

教育何尝不是如此？学生每一个都不一样，每个学生的每天都不一样，同时教师自己每天也不一样，无数不一样即无数偶然加在一起，就成了必然。这是和文学创作同样的道理。

想起曾经去渭源与孩子们度过的那个夏天。至今我都在反思自己当时究竟给他们带去了什么？要是再去，我一定会更加正心诚意。我也是乡村长大的。如今更加懂得乡村孩子与城市孩子的区别。乡村孩子是放养的，城市孩子是圈养的。乡村孩子从小受到的教育就是下河捉鱼，上树摘果子。他们喜欢用行动解决问题，而不是语言。即使喜欢你，也不会多说话，或许只是去摘个果子放到你手里。不要用你自以为好的方式去教育孩子。孩子是可以反过来教会你很多很多的。他们远比大人想象的要更复杂、更成熟。教育不是其他，只是一棵树摇动另一棵树，一片云触动另一片云，一个灵魂唤醒另一个灵魂。

搞教育的会接触很多孩子，又何来重复单调呢？“文化和教育，总是让你逐渐放弃自我方式，告诉你哪是好的，哪是不好的，最终把别人的方式强加于你。”愚昧的人并非无知的人，而是因知道而怀疑，又进而放弃自我方式的人。我现在已经很明确地相信，以后无论站在哪里的讲台，小学，中学，大学，体制内，体制外，都可以和每个学生一起学习，按照自我的方式。

（六）

单向度的因果链条很难，有人终其一生，同时又极其简单，有人找不到北，终日以泪洗面。“要了！”孩子们一定会这么回应。“那怎么办？”“番茄炒鸡蛋。”他们很淡然。

如果我们认可维特根斯坦，一切哲学与文化问题本质上是语言问题，那么你就懂了社会。

社会上有很多老爷爷，虽然年龄不一定比我大多少，但他们却总是像一个聋子那样，回答着没有人问他的问题，还乐此不疲。现在我是太白。我高唱君不见。急切想讲述黄河之水天上来。我是没有投江的屈大夫。我是投江过后的高阳苗裔。我在山中问答，自问自答，中夜四五叹，常为大家忧患。仙人抚我顶，结发受长生。仙人若爱我，举手来相招。仙人绿云上，自道安期名。仙人就在你我之间。山中人，无论上山下山，依旧心有千山。从子夏乎？从子张乎？我在睡前把笔当剑，学剑翻过来自己笑话自己，从文竟何成！剑非万人敌，文窃四海声。儿戏不足道，五噫出西京。我摘一朵花儿，戴在自己的耳朵上，花朵即是耳朵。我其实并不爱喝酒，不爱刀剑，不爱诗歌，这些都是身外的标识。我志在删述，垂辉映千春。希圣如有立，绝笔于获麟。至福的人儿，最讨厌的就是这些假模假样的凝滞于物，自我加标签。何况我又不是待售的皮肉！半夜起来撒尿，我看了看镜子里自己的迷梦，独自说道："总而言之……"耳朵耳机里的 *Symphony of Dreams* 摇荡着太白的心。

禅宗般的生活方式，就是无论在一个地方待多久，都要心怀一花一木。来即是去。此地即彼地。

（七）

马上要去查寝。孩子们震天的响动此起彼伏。小布丁真是让我又爱又恨。他洗完头，没有擦干，就漫天吼叫吹风机。我叫他去找对面那个姐姐借一定能借到。喊乖一点。他听了，就借到了。随后他就跑去其他宿舍枕头大战。想到曾经的我，也爱这自由自在的时刻，没有家人的管束，没有作业的负担，和一群伙伴吃住在一起，其兴奋真能把房屋都给掀翻。

可时过境迁，我现在已经披上教师的外衣，像多年前那些老师一样去查寝。暴跳的孩子继续暴跳，腼腆的孩子看到后就会装样子看书或者感到拘束。这样的日子何其多哉！我不希望这样，只要不出格，不涉及安全，让孩子耍吧！这时，一连五六个娃喊我，不是这儿那样了，就是那儿这样了，总之，各种情况都有。于是我站在院中，大吼：

“不要什么事都喊！自理啊！”

第三辑　小骑士的幻象

一、山夫只见压樵担

（一）

酒香四溢。我与缪斯妹妹走在沿渡河。我走前，她走后。我手里抓着钓竿儿，她提着我刚从酒里用筷子夹出的蚯蚓一串串，穿行在零六年的淹没区。正是午睡时刻，太阳向大地抛射毒箭，我们穿行在箭的缝隙，光脚踩着河滩卵石，走一步，跳一步，白色大卵石如同白色羊群。我们从一个羊背去往另一个羊背。现在，有孩子和羔羊的世界洪水退去，到处弥漫氤氲气息，古老梦幻小镇的名字源自神农氏。这就是神农先生一边扛起山川一边呻吟的地方。“神农尝草遇毒药，腹中疼痛不安宁，急速尝服解毒药，识破七十二毒神。要害神农有道君，神农判出众姓名，三十六毒逃了生，七十二变还阳草，神农采回救黎民。”神农溪，又叫沿渡河，穿过这座小镇，仿若星芒刺透遥远沙漠中的海市蜃楼。然而小镇始终并未因库区蓄水而消失。沿着神农溪，你可以按图索骥，找回那群羊，那些有孩子、羔羊的小街。于此，时光时时重现，处处重现，好比窗外群山中自白的满树满树花儿不由自主汇聚于小骑士的窗前。窗外小街上，摇动蒲扇的巴东人挪步过去了，他们光着膀子，犹带哭腔的孩子在前面行走，几乎能让你失声痛哭，你觉得你看见他们在这个群山深处的小镇里已经生活很久很久。他们是大神农，小神农，老神农，女神农。愁惨的梦境啊，其愁惨程度不亚于江汉平原之夜，当时我奶奶睡在解放军招待所，一个外乡女人偷了她的钱，窗外武斗的枪声炮声雷霆万钧。白天，她就这样穿梭炮阵，走一步，倒下一个人，从遥远的重庆西南高寺山小船坐了换大船，到武汉乘呼啸火车至北京，接着转车去大连，独自穿行在动乱大陆，最后赶往东北部队看望我的爷爷。而她时年十九。现在，她的孙子——小骑士——我，则穿行淹没区——未来的江底，像一条干涸的小鲤鱼。我走得很快，已经和水清如镜的河里那条黄鱼抗衡了一个上午。花费十条蚯蚓都没能引诱它再度出大石板征战。于是，我回去把蚯蚓放进透亮、闪着白光的药酒缸里浸泡，跌跌撞撞，不睡午觉，行走在午睡迷漫的小巷，一路小跑，意气风发，准备再度出击。房东家的缪斯妹妹发现了，也要跟我一起。她像小猫一样踮脚下床，跟在我后面。我觉得她是个累赘。却始终摆脱不掉。勉为其难，只好让她帮我拿那一串蚯蚓，以示友好。酒一样的河流。酒香四溢。

脚丫踩在大大小小卵石上发烫。我快速行走。缪斯妹妹穷跟不舍。她的眼睛很大，留着短发，颇具韵味，说话很少而语调忧伤。“我也去。”她总是对我、弟弟、小老板厉声说——很干脆——那种你找不到理由拒绝的语气，就像以前小蚂蚁要我陪她聊天、游走的撒娇口吻。我们带着她吧，捉鱼，玩男子气概十足的投石问路游戏，或者赤身裸体从摇晃不堪的吊桥像海豚一样跳进河中，她不敢跳，只是坐在铁索木板吊桥上，双腿放下。——我钻出水面，抬头发现她还痴痴坐在桥中间，整个人看起来就像桃花开在半空。

当然，黄鱼我钓上来了。可同时也下雨了。我们高举双手在巷子里飞速拐过去。雨滴泼进老房，雷电专打通灵的电视，滴水的屋檐，溢满的木桶，淋雨的女孩，鸭子，小鸡，晒在小堤以及顶楼的玉米，小骑士双手驾马，带着缪斯妹妹往屋里冲。雨仍然在玻璃窗上流泻。打开桃屋门，坐在门口，门外雨滴溅开如花儿朵朵，奇迹般地，当时，我看见我的黄鱼搁浅，麋鹿踩着鱼背跳动，荆棘满院，迅速繁茂，神幻的麋鹿一蹦一跳，消失时，雨也越来越大。

（二）

屋顶上亮瓦送来月亮的信。夜晚小镇凉风又湿又甜。夜行车快速跨过积满雨水的路面。狗朝着飞驰吠叫。牛对月喘息。我刚去缪斯妹妹家对面——也就是街对面小老板家，看完《福星高照猪八戒》。我和他一起拿勺子吃完半个西瓜。小老板和缪斯妹妹家都在小镇尽头。我、弟弟、爸爸、妈妈住在小老板家另一个屋子的二楼，爸爸带的民工班子则住在缪斯妹妹家的木板楼。街上到处都是水坑，街灯在其间闪烁着凄清光芒。

时间老人四处溜达。此时，所有河流在床上咆哮，在我灵魂深处发出激烈碰撞，你在房间里观察到，那些巨大的成年人各式各样，他们模糊的手掌总是捏紧，或者挥舞，就业务、时间、责任、奉献、资金展开长篇大论。这一切都发生在我头脑中的灵台上。

（三）

同时，我走向院落中央。听见弟弟在梦中，向我哭泣，向我呼唤：“哥哥，哥哥。”他泣不成声。我走进院子，星星也垂泪。第二天，我们就接到爷爷带二爸去县城看病时翻车遭遇飞来横祸的消息。不过，那已经是很久以前的往事。

还是回到这个半夜。神农溪因暴雨而洪水滔滔。民工伯伯们正在搬运东西。爸爸妈妈早下楼了，把班子上的物品往高处转。伙房位置很低，大锅大炉土豆包菜一一被淹。它们发出痛哭的叫喊。缪斯妹妹和小老板醒过来，兴奋地跑来跑去，敲门喊我和弟弟。我们相视而笑到大街小巷传递情报。洪水猛兽一路肆虐飞往下游。小镇老桥上的斩龙剑火星四散。“神农先生，救救我们吧！”缪斯妹妹双手合十。飞龙在天。对岸那位山顶洞叔叔也从他的山顶洞冒出头来。他喔喔高唱，以手拍打天锣地鼓。而后不久又开始焚烧塑料袋，往河中投掷蜂窝煤球。未必他要继承精卫的血脉，立志于填海？白天，他总是身披水泥口袋，头发扎成冲天小辫，不像其他流浪汉会傻笑会咒骂口中念念有词活像远古巫师与天神交流。他不这样。他只是胡子飘动漫步思索眉头紧锁。在河中游泳时，小老板给我们指过他的小山洞：“那是宇宙的秘境。”弟弟觉得远远不够：“那是远古祖先的梦幻。”报之以十个从天而降的蜂窝煤球。落水狗般的我们潜进水中，疯狂逃窜了。

（四）

“你要去哪儿？”我问鱼。它在我的玻璃瓶中乱游。最后费力跳出来，摔下阳台。“你要去哪儿？”同样的问题我已经问过千千万万遍。包括问我自己。小骑士，你要去哪儿？小骑士也不止一次对我回答说，爬山虎去哪儿，他就去哪儿。反正根在那儿。而小老虎觉得，二环高架上的爬山虎来历不明，像无头苍蝇，到处施展手脚，随心所欲。我都开始为那些爬山虎担忧了。其实大可不必。它们只是在斑驳的墙壁上随意绿，进行安静的苦思冥想。我用指尖抚摸我的坐骑。它们英姿飒爽，于三伏天罕有的清风中熠熠生辉。和当初在沿渡河从一个卵石羊背飞跃到另一个卵石羊背一样，下班了，该走了，我拍了拍爬山虎，向雨后横贯城楼的彩虹道别，从一个虎背飞跃到另一个虎背，时而表演骑术，为小老虎捧回一大捧鲜嫩的西蓝花。再一看，它们已被我的女孩炒成焦麻。怎么下咽呢。如何是好呢。我直接将其看杀，拆穿它的前世今生。

那是我们游到沿渡河对岸去偷花生时发现的意外横财。还要在啃完西红柿之后。我们用卵石架起灶台，把从河里抓来的桃花鱼与西蓝花一起煮沸，除了盐巴，其他一律不加，最多添几片岸边掐来的鱼腥草叶子。偶然一只蹦跳的野猫赖着不走，想要大口吃肉，而它自己就是一团心软的肉肉。所以我们把西蓝花嗟给它，可它连闻都不闻一下。“你要去哪儿？”我大声吼它。它不是被惊着了，而是提醒我们四人该往哪儿看。只见一位老阿姨已经在我们不远处坐了很久。她专注搭建她的卵石。按照她自己的话：“搭桥。”她准备由此及彼。我对其一个字也不信。此岸，彼岸，我们都在其中。

“游过去吧！”小老板说，老阿姨看着他。“笨。”这就是回答。这就是一个真正的八月。我看见这条梦之河，翡翠色的岸。捡来的柴火烧成灰，其上铁饭盒已被熏黑，岸边山间的小屋都像花生一样缩进我们燃尽的土灰中，老阿姨属于这条河流的一部分，而当前这条神农溪，水乳山泉，从遥远神农们的水罐而来。老阿姨和我们具有相同的梦想与烦忧，她神志不清，面目模糊，痛苦狂笑。缪斯妹妹把我们的西红柿分给她一个，最大的那个，她吃了起来，咬开的瞬间，绯红汁液顿时四溅，犹如星辰洒满天，一种缓慢疲倦的开心弥散我们全身，似乎赋予我们无限信心。鱼儿群群，游来游去，夕阳抛出无数长长细细亮亮的橄榄枝，我们每人牵动一枝，就可以从上面摘取生命果实。直至一天行将结束，躲在车里不肯下来的羲和爷爷眼看我们摘得满肚满兜，他才驾着他的大马车翻山越水，回家如梦。而那位老阿姨早就消失。她的石桥还在夜里故步自封。

（五）

“我要什么，并非我看到你要什么，就去要，就想去要。相信自己的心愿，遵从自己的心性开始新一天的生活吧。”羲和爷爷一早话就很多。双手合起来放在额头。我说“好啊”。日常微笑。他的底下没有新事。我开始清理眼睛，这心灵的窗户，要用它来展示和流露我的内在，而不做承载信息的垃圾箱。

收拾完毕。我沿着起伏的石阶往前走，越来越陡峭的山路，两旁是深渊，抬头前方高处就是山顶了。我一路前行，偶见一个小不点儿正在爬山。上面是什么呢？一座寺庙。小不点儿大概四岁，走起路来很吃力。开始下雨了。于是我走过去，给他打伞。我和他，头都大，脸上都有大痣。“你好，我叫二十五岁的小骑士。”他打着白领结，穿一件小皮衣，只顾爬石阶，生怕掉下悬崖，但礼貌性地开了口：“你好，我叫小骑士。比你的名字少几个字。”我放慢脚步，等着他，为他撑伞，用阮籍的眼神看了周围一眼。雨越下越大，我们还有很长的路要走。上坡。山路。浓密的雨雾。寺庙与山体，被光之剑分开。

这是要去哪儿？

（六）

我一面思考这些久已萦回脑际的问题，一面在潮湿街道继续前行，漫步于本镇最安静、最古老的窄巷。你在巷口尽头现身，阳光把你照成剪影。游出江面的鱼，从我们身旁经过。你等着我，我们就回到老屋一起生活。关门。又开门。我是换牙的男孩，是挑水的男人，是驼背的老朽。你是轿上的新娘，是浣溪的农妇，是坟中瞑目的尸骨。你晾晒在绳间五彩缤纷的童装还在风中摆动，犹如清澈海水中的水草、珊瑚。

我穿上童装，穿上凉鞋，奔跑在堰坪小学。爸爸来电话，叫春华表哥一放暑假就带我去巴东。我乐疯了。期末考试考得特别好，生活与学习都有了无限动力。因为我又要去巴东了。没上学前我在那儿度过了幼儿岁月。世间美好的启蒙欢喜都从那儿来。我记忆中早期最深刻的幻象就是梦到，或者确切点说，就是看到野山关某个山顶上那座寺庙，里面佛像金身普度。甚而至于现如今我对佛陀怀有永恒敬意就是源于那幼时内心的召唤。不过，与其说佛陀，倒不如说是我心。我心即天心。在此期间，我早睡早起，天蒙蒙亮，晏小健和他姐姐晏冬月来到我的窗前叫我。他们住在堰坪蛇形街的中间位置，多少年过去了，他们爸爸依旧开着那个服装店，而我爷爷位于街头老乡镇政府退休公寓里一楼的那两间房子早已拆除。现在那里又在建新楼。爷爷在佛国忍受轮回之苦。

长滩河长流。

我和小健、冬月一起去学校，比住校生去得都早。我们就站在走廊，唱歌，谈云中，以及谈及我即将到来的巴东之旅。后来，长大了，冬月在万盛教书，小健在复旦学哲学——现在还在那儿吗？

期末拿完通知书，我期待的暑假终于到来。可是春华表哥已经跟着他的幺爸提前一天走了。那我怎么办？他还算有点良心，打电话到姨外婆家。我跑去倾听他的申辩。他说他幺爸他们要从羊市吐祥那条路走，而且我还要拿通知书，他们等不了，票已经买好。我问，那我该怎么办？也没有大人带我啊。申辩以后开始支招，说明年去吧，以后还有机会。我放下电话，长滩河的河水绕着我眼角流。石兵石川住在姨奶奶家隔壁，看到我这个样子就狂笑起来。我怒不可遏，和哥哥石兵发生肢体冲突。他一下就火了，像只硕大的猫站立起来，伸长爪子就在我左脸挨着鼻子的地方拉下一道十厘米的血印，活像非洲土著用尖刀割裂树皮原浆从里面迸发。我疼痛难耐，尽管后来痛觉消失，可这道疤痕在我脸面留存，就像记忆中清澈冰凉的小河永世长存。

这是忧伤的一周。失落至极。低至河水底部。看王老师在那棵古老黄桷树下钓鱼都没有了兴致。妈妈接我回家去，翻过两座山，红沙梁，高银——回到高寺山，我连头都不抬一下。直到三个月前，我都还沉浸在昔日儿时的梦中依稀忧伤。——沿着羊市象鼻梁下面那条狭窄公路行走，梦中的河流奔腾向前——流水声充塞耳际——羊市的铁路上火车呜呜——奇怪，羊市哪儿来的铁路？——我在那条路上流汗奔跑，跑向小小火车站，跌倒，流血，灰尘漫起来，表哥他们刚刚坐车离开。——远载儿童的悲愁。——那时候，巴东到堰坪的距离仿若世界尽头到天涯海角的距离。

所幸的是，几天后，爸爸回来招工了。他会带几个叔叔过去。当然，也会带着我。我终于被解救了！——而可恶的春华表哥，他现在何处潇洒呢？——有一年过年，也是他要了我。我们一家人去看外婆——当时交通不便，每年我们都要翻过鱼背，走三四个小时的水路、山路。其间一段小路十分险绝，脚底下是悬崖峭壁，余光可见最低处的小河如一条白色细线。弟弟不敢走，趴着蹲着移步，我们开怀大笑他胆小如鼠——后来他在沿渡河也不敢走那条吊桥。同样趴着挺过。——到了外婆家，春华表哥天天带着我们吃喝玩乐，在水井罐蹦蹦跳跳。他有无穷无尽玩要的花样，而且今天和明天毫不重样。我们要么快马加鞭跑到王家小河深处去参观轰鸣电闪的水库，一路堰沟哗哗唰唰，里面鱼儿成群是那么自由，不时跳起来飞跃水库；要么到汪红艳家去踢毽子、跳屋子、看电视、唱歌。或者，到王家小河与长滩大河汇合的地方用黏网粘鱼，还堆石子自筑拦网，大小鱼儿、五颜六色的鱼儿被我们围得到处游走，进入陷阱搁浅，被我们在鼓掌间玩弄。我和弟弟乐不思家，表哥挽留我们，想让我们在他家陪他多玩几天，可爸爸妈妈说，我们不知道回家的路怎么办？春华表哥私下承诺，他到时候会用压岁钱叫一辆摩的送我和弟弟。但是，最后玩够了，年过得越来越冷清，我们尽兴了，想回家的日子终于来临。表哥这时却只顾吃他的糖，根本找不到摩的，他沉默，眼睁睁看着我和弟弟孤独找路。我们当然很气愤，一怒之下早饭汤圆都没吃，跑下王家小河就往山上冲。迷路啊迷路，不在迷路中破口大骂，就在迷路中心急如焚。弟弟却很平静，他记忆力好，靠着他的记忆我们披荆斩棘，蹚过小河，跨过田埂，穿越鲜有人家的羊肠深山小径，终于爬上那座峭壁。印象最深的场景就是一个平地里晒着香。那一根一根香躺在那里浸润时光，我很诧异，这闭塞的悬崖上竟然有人住？他们下山一趟多不方便啊。我记得某年，也是过年，我们一家走路去外婆家，妈妈抱着弟弟，我骑在爸爸的肩头，经过这块平地，也是有很多香。那位制香的老爷爷现身过，仙风道骨，胡子长长，活像山中老神仙。弟弟走在这条路上依旧很怕，我拉着他，终于挺过来。还是有迷路的时候，怎么办？当时没有理论支撑，没有先知点拨，多年以后我才找到——“不知来，视诸往”——圣人这样教导我们——我当时就是这样找到路的——我想，这份先知先觉正是上天所赐。

我的孩儿王表哥啊，只比我大一岁的表哥，是否如同你之前对我传说的那样，瘫在巴东的沙发上，大口吃西瓜，天天下河游泳，玩具堆满房间，游戏任由你玩，想吃什么肉就有什么肉，美味可口的雪糕多得抿不完？

我并没有工夫去理睬这个忘恩负义的人。我正畅想着和爸爸一起去巴东游山玩水。

（七）

我们到老县城住下。第二天再坐下水船去巴东。云阳老城又淹没了不少。杰克说，涅槃没有次数，因此不可能出现“无数”这样的字眼，但老城人流的确像是无数。我们无动于衷，在小城随意转悠。依山而建、傍水而居的小城，你的脚步总是上、上、下、下，伴随气喘吁吁的折线、圆圈、弧形。

童年的豁口，不同时期到老城的印象有四回。

最深刻的那回，是爷爷、奶奶带我去的。二爸已经失踪。爷爷刚退休——当年他极力想回故乡来，指导员把他留在大连都留不住。与奶奶之前穿越炮阵去看他时的路线完全相反。他先是回到县里，由于文化有限，无法适应。只好往乡里调，到了故陵派出所。后来经过普安的锤炼，再回到堰坪镇，办理民政。他是毛主席的好学生，一生一丝不苟，锄头笔头样样都拿得准。他用锄头种玉米，用双手划篾条、打栅栏，把侧边篱园打造成了一个柑子、橘子、李子、栗子、樱桃、杏子、葡萄、梨、桃子各类时令水果俱全的果园。他写字、刻章、读报纸，古板的方式令我们反感过无数次。——而这次，他答应我，到老城给我买一个画板——我第一次听说“画板”——也从大人嘴里拼接出——神笔——神板——你手一点，良辰美景就会跃然纸上。我跟着爷爷奶奶下山，绕过转包垭口，走出缸缸口，穿越稻花铺面的田野，芦苇，野花，月亮地，卵石，磨刀溪，到普安坐上中巴车，唰唰后退的青山绿树，曲径通幽盘山路。最终，抵达南熏门（记忆中好像还在——古旧石板砌成——城墙有一根扁担那么厚，有三个人那么高——从小城身前流过的江水雄浑如中国血脉——真实的意象——如今，我性格里的温润与桀骜皆受益于此）。长长弯弯的石阶。我们走进阶边一座棚棚，吃热气蒸腾的羊肉格格。奶奶和老板（也是一位老太太）吵了起来，说根本没见到几坨肉，全是洋芋——老板应道："都被你孙儿吃光了！"——我委屈——哭——明明我才吃了一块——为何世上所有责任最后都会推给小孩？——所有跨越阶段的独立都将成为创伤——后来，陪爷爷去办了很多事情，不过我都不懂。因此现在它们并没有重现。再后来，我们去找那家修理店——我们家的彩电曾放在那里修，一年过去了，杳无音讯——我们找到大概位置，却找不到店老板——又走进一条满地零件、杂乱电子管、五彩细线、破旧显示屏的狭窄潮湿修理老街——尽是陌生面孔。我的觉悟是彻底的——那台彩电非常重要，因为爸爸花了很多钱（对我们来讲，十分昂贵，在高寺山通电后不久买的——我们是当地拥有电视的第二个家庭。尽管小如锑锅，雪花满屏，声如烟熏，耗电如耗血）。下午我们去了县医院。看到巷子里比我眼睛还要大的紫色葡萄我就想吃——它们紫得诱人，紫得深入味蕾，比家里爷爷在猪圈楼旁搭建的绿色葡萄还要有品，虽然没有家里葡萄架上如此阳光耀眼，但是它令我感到新奇无比——我站在卖葡萄的婶婶面前不肯离去，簸箕里满是紫，爷爷还在医院里排号，奶奶拉我走我非不走，她拗不过："买了你就要吃完哈！"——她一问价钱，十块钱一斤，那时的五分钱相当于现在五角钱——但她还是给我买了一斤——我吃得脸在甜、心却在苦。再过一天我们就准备回家了。江水是橙色的。我们原路折回，早上坐车出发，黄昏时才抵达鱼背。我们在鱼背河边舅外公家过路，到他家吃萝卜肉坨坨炖汤，还去深山拜访当地的大神。奶奶问卜，二爸现在何方？爷爷沉默吸烟。大神是一位婆婆，她其实很慈祥，坐在堂屋藤椅上，絮絮说着。如果你认为这是迷信，那你就浅薄如鱼背所见竹中薄皮。奶奶在大鱼膝下（那座巨大的山脉就是"鱼背"，我们高寺山在鱼背之上，鱼背顶端）祈祷，等待，难以言说的白发人为黑发人祈祷——所有人都生活在苦难中——疯狂的二爸在唱歌，梦正在展开，音乐如此悲伤——多年以前，他还是一位温柔的儿子——如今，我某些方面就像他——可他为何会发出高亢的哭诉——他背着行囊，独自去福建找活路，一年没有音讯，回家的时候，可怜的奶奶正在斜坡上挖地——她的军儿回来了——说话温柔，给我和弟弟、奶奶都带了精致礼物，每个人的都不一样，用精美盒子装起来的礼物——他给担惊受怕的奶奶看照片，看他在外面装潢的精美别墅外观——给自己的母亲一个承诺——即让受苦受难的家人过上无忧无虑的生活——这昙花一现的幸福光彩照人，使他人感动销魂——许多文艺作品描写某个受苦之人在短暂瞬间忽然升华成了自己命运的主人，他的幸福就像天上星斗般耀眼夺目——所有这些文艺作品都是苦海之上宝贵而又瞬息即逝的幸福之花——后来二爸就神志错乱了——其间有很多故事，很多幻象，留待以后的作品展开吧——奶奶说，她最喜欢听的歌就是“流浪的人在外想念你，亲爱的妈妈。流浪的脚步走遍天涯，又是一个春夏。冬天的风啊，夹着雪花，把我的泪吹下……”——一首普通的流行歌曲可以如此有感染力——缘于人们的忙忙碌碌——意象为情义作见证——“你们才是癫子！”——奶奶在祈祷，细雨中，她心里寻思：“军儿，你不是被人打死，就是要饿死。”——抑或后悔当初把二儿子的名字取大了——“建军”。观音母亲，你为何要这样对待你的孩子？你是一个施虐狂吗？

最终我们告别老城——曾关过二爸——流淌过翼德将军热血的地方——回到家来。江水滔滔不尽。遭到破坏的迷雾。大拆迁已在进行。难道没有流浪汉藏匿其中？——或者每个流浪汉都是二爸，都是沿渡河那位山顶洞叔叔，都是那位搭桥的阿姨——甚至都是小骑士——杜老头、李老头、苏老头——嵇叔夜——阮步兵，我是他的白猿，在梦中与他搏斗——上窥禹穴，下游湘沅，司马老头——周围都是树木、青石板、八百年寿命的老屋——电风扇。门廊上的孩子们趴着写作业，整个云阳老城都在江水中摇晃，仿若龙脊岭身边一只小龙鱼摇摇尾，摆摆鳍，吐露泡泡。如果一个中国兰波和我走在一起的话，他会说："转过身去，我们朝东——日从木间，几起几落。我们在东边看见的江，时常会涌来江潮，将我们淹没。"

已是子夜，此刻所有雷电之声都显得格外高昂，而我的心也是一道迸涌的雪山圣泉。已是子夜，此刻万籁俱寂。灵魂哟，这是你的时刻，你自由地飞入无言之境。离开我的诗书。离开我的汉语。这种写作方式既不是回忆，也不是描写，而是反回忆，反描写。听写。迎接从窗外飞进我书桌前的蝴蝶。白昼慢慢被夜晚抹掉了。有字为证。翩翩而来。你完整浮现，静静注视小骑士，深思你最爱的夜晚、幻象、星星和睡眠。这个旅程非常忧伤，但还不值得在这里继续如此心碎的长篇大论。

（八）

第二回就是爷爷带二爸去县城看病，半路翻车了，爷爷在县医院住院的时候。我只看到一座即将沉入江底的小城。并非灾难、苦难才让人心有余悸。幻象同样牵肠挂肚。我们从巴东乘快艇——飞船——回云阳看爷爷。二爸毫发无损，如天使发狂。昨日溅起的江浪，直至今晨才一落千丈。五岁拍岸的惊涛，十九岁才淘上颗颗卵石。第三回是在故陵读书——同样神秘的小镇——像一头犀牛困在水中——王老师带我们去满是黄桷树的云硐中学，参加数学竞赛。学校真的就像深深包藏在黄桷树森林中的古屋，学生们自古如此，我们在里面演算完全平方数，好比祖冲之先生年代的《九章算术》。我们是小木匠，拿着规和矩，拜见鲁班先师，建造高楼庙宇，而所有黄桷树不知不觉间年轮越转越粗树干越来越壮树叶越来越浓密，恰似小王子所在的星球猴面包树遮天蔽日。我们越来越小，笔尖滑动稿纸，淅淅沥沥，满校黄桷树带动满坡黄桷树，带动满街黄桷树，带动满山黄桷树，它们摩肩接踵交叉融合呈指数级增长，伸出云硐中学最高处教学楼，最终伸出云阳城，同时江水逐渐上涨，黄桷树还像爬山虎一样，一步一个脚印，缓缓往天空高处爬步。江水吞没了老城。最后一片黄桷树的叶子爬出水面。谁能料想这样孤零零的树枝上只有一片叶子，而其水面以下却牵挂着一片森林？小骑士就在滔滔江水茫茫江面——如同一望无际的海平面上——骑着这独秀一枝——还是回到这件事发生以前吧——半边老街悬吊江边，清冷老街已经淹没过半，我们如同在快要消失的岛屿上跳跃。像一只一只螃蟹。吃岛上自产自销的水草，听水国烟城摇滚炉火中的靡靡之音。而对面张飞庙还在日复一日地放着长长的前奏，随后便是“滚滚长江东逝水，浪花淘尽英雄，是非成败转头空——”接着就是“黯淡了刀光剑影，远去了鼓角争鸣，眼前飞扬着一个个，鲜活的面容——”玉树在磨盘寨顶部临风，飞龙在天，夜色撩人，谁知道这座小城万年以后的命运？第四回则是上面提及我和爸爸去巴东的时期。不过，这个“时期”已和老城随波浮沉。龙脊岭炸平。伤感并非狭隘的地域主义——“我的家乡，一定好。”“我的家人，一定亲。”“我的记忆，一定美。”“逝去的一定比现在珍贵。”“过去一定比现在舒服。”“外面一定没原地痛苦。”——傻瓜才会这样安慰自己——就在几分钟之前，小徒儿说她见到了如来，我是相信她的——也就在三年前，我去文殊院体验寺院生活，和法师们一起吃斋念佛，打坐禅修，经行顶礼。有天，排队参观玄奘法师的舍利，大家很兴奋，都说看到了——扪心自问，我却什么都没看到——舍利子到底是什么呢？——鸠摩罗什法师圆寂后，留下舌舍利——那又是什么呢？

——我若遇如来，将如何处之？

——“一棍打死，给狗子吃。”

（九）

堕落街。卢正雨的电影里有一条堕落街。那也是我的街。我曾在不回家的周末闲荡于这样的街巷。那里有风尘姐姐，有奥数补习班，有旅馆、街边串串、坝坝茶……潮湿老旧的建筑紧密相连。洗衣台上，盆中肥皂泡沫一个一个突然破灭。我曾钻进烟雾缭绕的黑网吧诵读李煜，一个字一个字誊抄他那“庭中落梅如雪乱，拂了一身还满”诸如此类的繁体词句。当然也不可避免地躲在角落里偷偷打开成人片。这样的堕落街比比皆是。在压抑的教育环境里我竟然忍受了十多年。现在浮现的所有美好忧郁时光都是我在那些小城镇巷子四处迷路转悠的情景。而非学校里的上课时光。那只是些发霉的岁月之味。

下一步去哪里?

无论对于生活还是故事，唯一理由无非就是：下一步会发生什么?

（十）

狗吠声中，我和爸爸惊醒，与几个叔叔一起，从云阳老城坐船漂到巴东。又从巴东老城坐车去往恩施。恩施到沿渡河镇的班车是一辆黄色面包车。上车我就开始晕车。因为此前坐船两天一夜，我大部分时间都瞪着滚滚江水目不转睛。而现在又是七拐八拐的迂回泥路。尘土飞扬的道路。我们的面包车在暑热的鄂楚群山间蒸腾逃窜，活像待烤的面包飞奔。这些山路远比我们渝巴大地陡峭危险。终于两个半小时过去了，我们抵达沿渡河小镇。在那里，与幺舅碰头。——他留下几个叔叔，加入他朋友的班子。其中有个叔叔没留下来，因为师傅名额已满，只差几个小工，但他是师傅，就离开了，想法儿到附近其他民工班子去找活路。——我在中国大地各个角落都碰到过这样的叔叔，他们脚板宽大，四处奔波。比如在甘肃渭源县城到周华寨的班车上，一位休半天病假去县城溜达的伯伯和我坐在一起，他说了很多，老乡见老乡，四川话顺畅，小吹小擂，年过六十，依旧是我多年以来见到的那种亲切形象。裤腰带毫不放松。犹如我心目中崇敬的川军英雄。

幺舅带我们坐上另一辆破旧面包车。离开老镇，往前方群山深处里面走。神农溪就在山路外面蜿蜒闪烁。沿渡河，沿渡河，大洪水即将来临，奈何以神农溪名冠之？时候一到，所有溪流河流都会被水淹完。幺舅说，他们以及爸爸班子被安排修的路，就是我们脚下车底这条路。通往神农洞神农溪沿岸亟待开发的旅游带。可同时这里又属于三峡淹没区。这一切，修了又建，建了又拆，都是折腾什么呢？狂妄的我们宁信能力，却不信心力实在远大于能力。心在复何言？——半路上，山崖垮塌了，堵住两方车辆的去路。我们下车等待。我一直在路边观察蚂蚁搬家。它们的队伍井井有条，运粮运米。我杀了一只蝉，扮演蚂蚁的上帝，给它们送去这个大肉。它们不多时便调兵遣将开始托运。我又从路边引来泉水，犹如天降大洪水，看它们急得团团转。爸爸百无聊赖，也来看我玩。幺舅坐车返回县城买来了盒饭。饭吃了都还没有通路。最后黄昏才把我们解救。

这一路经过大舅的班子，罗舅舅的班子，幺舅的班子，爸爸的班子。他们每人都在这条长蛇般的路上分得一段工一杯羹。

果然在大舅班子下车时，碰到一条蛇。不由自主冒出哪天被蛇咬的痛苦情景。我那由于长时间紧盯江水而晕肿的眼球看到——过去斑竹沟泽勇被毒蛇咬，他整晚整晚声嘶力竭呻吟哭喊，幺爸为他消毒抹药，肿了的右腿如同泡桐树干——在这里我没见到春华表哥，我和爸爸在大舅这儿住了一晚。打开行李箱，我们还未晒干的衣物充满潮湿味。我眼睛见风流泪，头晕眼花，睡在床上起不来。恍惚之间意识模糊，大晕船大晕车使我幻象不断。感觉整个床还在摇晃随波逐流，整栋瓦房院子都是大船，行驶在茫茫江面。两岸青山恰似走来迎，满眼风波多闪烁。山间猴子下山，到神农溪边汲水。雨淅淅沥沥地沿着屋檐垂了下来。雨帘怎么也揭不开。

（十一）

现实只能呈现具体。真实才能建构意象。乳白色晨光熹微如线，投射进窗帘，预示清晨到来。我眼睛肿胀，晕船后遗至今。今天中午班子打牙祭，吃大肉，喝点酒。吃完我们便在这栋瓦房的板楼躺着午休，就像岩石上的寄居蟹，盘踞于此。这是一个平常的午后。现在一点。我的电子表长“嘀”了一声。我从午梦中醒来，如同小梅发现龙猫后，躺在它身上睡着了，终于又醒过来，拨开树丛，走回家中。——多年以后的现在，仲夏午觉时分，风缓缓吹着，眼慢慢睁开，耳边耳机里程砚秋先生的腔音还在回旋。岁月斑驳陆离之音从时光幽洞飘出。今天我正好穿的就是龙猫 T 恤。白净的短袖，胸前印着龙猫的胡须、牙齿和眼睛。现在我是一只龙猫。躺在沙发上，蠕动柔软的毛发。鼓胀的肚皮起起伏伏。我撑着荷叶伞，起身，站在转动的陀螺上，仿佛张口间，大风就吹过田野、幽深树丛，龙猫巴士将沿着乡村电线、火车干线出现带我离开。——同样的感觉、不同的场景已在小骑士二十多年的生命里重复无数次。譬如某次，冬夜凌晨两点半，保福寺桥南的研究生宿舍里，模糊夜半由眼皮睁开而变得清晰，耳边忧欢派对《会说谎的眼眸》还在忧伤悲哀娓娓动听。“如果陌生能够从头，擦肩的时候别叫我。”两位女孩组成了这个组合。忧忧如今比我妈妈的年纪还大。而名为欢欢的那个女孩，已经抑郁吞炭。——我写过这样的诗句：“花儿，你是哪一个女孩？女孩，你又是哪一朵花？”——缪斯妹妹如今是否也已经结婚生子？是否还留着短发？——像桃花开在半空中的她。

三月的桃花雨，落在了这个七月。

（十二）

落在夏日黄昏。现在，小骑士去赶地铁。火车从眼前横过。——长长的绿色车厢，一节又一节。我数了一下，总共有二十四节。

听着 *A Day in the Life*。生命中的一天，二十四小时已经过了四分之三。生命中的一年，二十四节气也已经过到大暑。吹来至福的贝尔克海风。即使很热，博比先生也没穿潜水衣。蝴蝶在空中飞舞。

三分钟过后，钢琴落地。列侬的《上帝》。他来到人间，而“上帝只是一个概念”。巧的是，地铁里，站在我面前的这位胖大哥衣服上正印着“God blesses you”。其间有圣子的头像。耶稣就在你我之间。虽然“I don’t believe in magic”。

（十三）

暂时收敛思绪。现在，让我们再次倾听列侬的声音。

我提瓜走在驷马桥。疾驰的火车还没从眼前完全驶过。博比先生的蝴蝶缓缓飞舞。前面我已说过，这并非回忆，并非描写，并非记录，并非想象。而是“反回忆”“反描写”“反记录”“反想象”。

"I read a news today, oh boy——"

小骑士翻身下二环高架悬吊的爬山虎，换乘蝴蝶，在灵性世界里无限遨游——诗歌的本质就是"通灵"。万物有灵。灵魂可以在石头上，可以在爬山虎上，可以在蝴蝶翅膀磷蕊上，可以在生命当中。可以是画中人，可以是童年的我，可以是佛窟里的世尊。可以在未来，可以在过去，可以在此时此刻。灵魂是没有时空概念的。可以随意转化，可以分身散体。而你只管听写。像小学生一样完成古往今来先生们布置的听写作业。随手摘根树枝，就可以开始写作。——"吾一瓶一钵足矣。"

王师父说，当人的心灵来到这个世界，与周遭事物、人物产生一种碰撞，通过这个碰撞创造出一个新的世界，这个世界既不是现实世界也不是心灵世界，而是一种与这些世界的应和。通灵就在于与这个新世界对话。"目贵明，耳贵聪，心贵智。以天下之目视，则无不见也。以天下之耳听，则无不闻也。以天下之心虑，则无不知也。"

通灵的人就是与心灵对话的人。你不能假定或者总是咬定这些是物质本身。心灵在哪里，哪里就开满花朵，哪里就有爬山虎带你，一路高歌畅行。

——心远地自偏。

“我心即宇宙。”这话是“主观唯心主义”吗？你翻看“心学”，始终都把“心”当作“道德良心”来看待，又将“知行合一”作为“认识论”和“实践论”来体验，或者，作“性情解放”解，以为“心”即“心愿”，“初心”便是“美好初衷”。

“那怎样才能保心呢？”霎时，一个问号像箭镞一样，从暗处抛过来。

“不要轻易让其他事情侵占了自己的心灵。可以让那些事情占据时间、精力，但不能让它们侵占你的心灵。”先知有云。

那就出门吧！小骑士。来买卤菜。“有兔儿吗？”一位老大哥问。“有啊。”女老板回答。“这个摊摊硬是养活一家人哈。”“养不活啊。现在的生意不好做哦。”“你也是守了好多年了。”“你晓得？”“从我来成都，这个摊摊都摆起的。你想嘛，我都来了六年了。”“是。十年了。”“我就说嘛。”“这个岁数，没得法。”“你还年轻得很啊。”“年轻？”“是噻。四十岁是排球，国家挤来人们扭。五十岁是绣球，一个二个跟都走。六十岁过后才是仙人球，后人都躲都。我六十五了——”

停下来，收到一条消息。聪儿邀约，去看关于余秀华的纪录片。——不感兴趣。你从来只寄期待于精神的相遇。你知道，如果我们精神相通，心灵的召唤一定会把你往根本、往家园、往先生、往朋友那里牵引。反之，任何推荐都是白搭。——爬山虎始终会往太阳的方向行脚。

在这个炎炎夏日，我沿着我的江河骑。爬山虎曾带我遇见了《秉爱》。那本是我们母亲该有的样子——秉承爱意。

“亲爱的母亲你告诉我，你伤透的心灵是谁的错，那难过的日子你怎么过，告诉我日子怎么过，告诉我这是谁的错——”列依唱完，侯德健先生又来了。

耳边顺风顺水。于是我走进地铁口，犹如龙猫手扶小树，钻进树丛，坠入时光的幽洞。

二、天光云影共徘徊

（一）

现在我坐在小老虎家里堂屋的凉椅上写字。知了在外面欢畅。干雷在头顶轰鸣。黑狗睡在阶阴口。小老虎还在床上熟睡。我畅想再去沿渡河的旅途之美。——小老板与缪斯妹妹在做什么呢？如果上天注定，我们定会擦肩。——弟弟在棉花田连片、戈壁滩绵延的新疆穿着拖鞋开车——一次，他发来消息："下午穿双拖鞋开车出来遇到交警查驾照，登记完了，叫我下车去前面拿驾照，看我光着脚走去的，便问我平时开车都不穿鞋吗？答习惯开车不穿鞋，穿鞋不好操作，其实我想说地上晒得好烫。"——又一次，后面有公交车追他尾，具体原因我也不明白，但责任是他的，最后私了赔了钱。弟弟双腿发软，说昨夜梦见开车出事，因此这天极度不情愿去城里。——后来还是去了。车追尾，他赤脚走在滚烫的石子路，给我打来电话，接着给爸爸打去电话——从他离家去新疆就没给爸爸打过电话——心里惧怕的时候想起爸爸了。新疆的日光比沿渡河毒辣得多。他踩的不再是群羊，而是火山堆。

这次休假的好几个白昼，我坐在屋顶，凝视大街，梦想小老板、缪斯妹妹到来。有时，我会扔下鹅卵石，就像红脚隼占领巢穴时扔下喜鹊的蛋，大喊大叫。而他们始终未来。我只有喝一口水，让思绪如渔夫的大网那样往夕阳下的湖面随意飘散。

最先网下的是以前在高新村小，要睡午觉前，我们提着铁桶去我家水井打凉水。那口水井早已枯竭、被填平。奶奶在井边栽了几株杨柳，说这样可以防止生蚂蟥，水也会更甘甜清冽。我们当时去打凉水，提着铁桶当当响，受力不均、不稳，桶里的水老是荡出来。祖文哥——也就是我们的班主任——数学语文体育音乐美术老师——小时候，代课老师总是全能——我爸爸也在我出生前后代了几年课，后来妈妈代得更久——几乎我这一辈的村里小孩都从她手里发蒙，有些刚上学时还没有断奶，有些还穿着开裆裤——情势所迫，山村少壮都出去打工，家中老人居多，他们早早就把孩子交给村小——祖文哥教我们，在路边折些绿绿洋槐叶子，浸在桶里水面，让它们漂着，桶就不会簸扬太厉害。这个方法果然奏效——两位同学一前一后抬着凉水，驱赶暑热，半路上三伯家的大花吼如大狼，我们小心翼翼，走在泥泞的学校场地。午觉时间到了，扬哥哥按下电铃——以前是吹哨子——再之前是用小铁锤敲钟，就像吴奇隆主演的电影《梁祝》里梁山伯那样敲。回家吃午饭的同学们陆续到校，带来形状各异的水瓶——晶莹剔透，在正午阳光下闪亮如长长圆圆的水晶，里面泡有翠绿茶叶，或刚从山路上摘下的金银花，或家里晒干的蒲公英，或堰塘里掐来的荷叶，或家门口生长的薄荷，或从侧边菜园摘下的几颗青花椒——无论泡的是什么，都不会放太多，如同水墨画那样讲究留白。进了教室，大家热火朝天完毕，巡逻老师总会迅速马起脸，手执小棍子，让这样的氛围安静下来。我们却依旧嬉皮笑脸，拿出水瓶，在各自的桌椅上透过空明之水互相观望，可以看见其他同学的脸印在水中拉长如妖怪，也可以被人看见自己贴在水瓶上的眼睛放大心之寂寥。某时，班里调皮蛋迟到了，被罚站，但衣服兜兜里揣着酸甜可口的李子、葡萄、桃子、杏子，要么就是桑葚，不消说，他们一定是吃完饭就上树摘果子去了。虽站在那里，也一一分发他们的战利品。老师听到动静，教室外面就会传来哇哇大哭的声音，我们则在教室里面哄堂大笑。而不过三秒，一个偌大的严肃身影就会遮住教室门口的光。——那是各班班主任。——我们称这样的脸孔为：挂起两坨牛肉。

其实，学校每个年级只有一个班，全校人数最多的一年加起来也没超过一百人。老师只有五六个，除开接连调到乡里的几个老师——再过几年调到县里——市里——这是他们奋斗的路径——以及除开扬哥哥这位校长是正式有编制的老师，其他都是代课老师。——我妈妈那年转正考试由于文化程度不高也没有考上，后来她就下课了。——祖明哥教书很不错，闹出一些花边新闻，育有一子，后来离婚，到广州打工时被女朋友的弟弟杀死，死时不到三十岁。——其他几个老师都打工的打工，经商的经商，做别的事去了。现在，全校只有扬哥哥一个人留在那儿，他有不菲的补助与工资，孙子都几岁了，索性把家当也搬到学校来。——两楼平房八间教室都是他的天地。围墙上还残存他当年用刷子刷下的“党以重教为先，政以兴教为本，民以支教为荣”字样——我当时小学三年级，祖文哥正在给我们上体育课，教我们做广播体操，扬哥哥就在我们面前刷——而这次回家，发现那些字样又已被他重新刷了一遍，围墙也补起，厕所贴上瓷砖，操场全部换成了平整的水泥地——之前，围墙是破损的，可以从硕大的缺口处看见墙外的废墟、菜园——不到三米远——那儿曾是我们与爷爷奶奶的老屋——我在那里出生——爸爸也在那里出生——如今已垮——就在爷爷去世后不久。——校门上红旗已落——砌门的石头还可见当年建校时从山上挖来的石碑。——上面有行楷碑文。——不知是谁的魂魄。

这便是我读三年级那年建造的新校。如今也成了老校、旧校。窗玻璃好多被风吹坏，或被熊孩子打碎。扬哥哥带着幼儿班、一年级。———样在启蒙。

因为我们当年见证它的诞生。二年级下半学期，我们到四围荒山深林背石头来，看弟校一步一步建成。——母校则是南北朝向的单层瓦房。如果还存活于世的话，它将和东西朝向的高新新校组成一个“T”字形。——我在老校读了一、二年级。自己带凳子，十个人共坐的长条木板拼接课桌。爸爸当时不教书了，柳文碧嫂嫂来了，奶奶神经质地对她满腔怨恨，不让我去她的班读学前班，要直接去读一年级，可我当时才五岁呀。笨拙的步伐常常挨三巨老头子的打，几度不想去上学，只想躲在家里帮奶奶捡柴。最后还是不服输，赶上去了。学得游刃有余。人小鬼大。小时了了。

关于母校，还有许多幻象——一台手写复印机——以及柳发友老师——“天上一只乌老鹰，地上一个柳书生，教书也不狠迈，天天抓住老子们整。”高年级的哥哥们这么评价——他抓住一条黑蛇，炖了汤，叫我和爸爸去吃。

当年堆子小学也是这样。要搬迁了——只有一个学生报名读书——我曾在校图书仓库里躺着读希腊神话——那间仓库不大，却堆满县里运来的书籍，灰尘弥漫——并非富丽堂皇，学校外沿渡河汩汩流淌。

（二）

在大化镇的蛙鸣、鸭群聒噪声中入眠。又在鸟鸣声中醒来。“纵浪大化中，不喜亦不惧。应尽便须尽，无复独多虑。”五柳先生这样劝小骑士。“纵浪大化中，正为化所缠。应尽便须尽，宁复事此言。”东坡却如此作传。缠也好，不缠也好，“大化”只是我和小老虎去她的初中、小学转悠时冒出的词。

下午，我左手提梨子，右手提菜油——就像那回我左手一个瓜，右手一盆花——在大太阳下流汗。小老虎提着鸡蛋，也双手不空。她的鞋坏了，趿拉着脚步。我们赶着去坐车，看见乡村水泥道上躺着一条蛇，它已经横尸野外。

回到红南港，想去游泳。我挑了一条泳裤，她租了一个游泳圈。我们就这样跳下水。不久开始下暴雨。雨落在水面。我们躲在桥下，看豆雨在水面开花，听雷声轰隆如妖精。这样的事情仿佛已发生很多次。像亿万年前的轮回、涅槃与重生。

也和那时候我们在沿渡河里游泳一样。天落雨，我们钻进这条神农之溪，直到打雷，我们才惊醒。

这时我已坐在车厢过道。——对着小老虎笑——笑到树林开始向后移动——重回巴东？——不是的——根本没有重复，只有更新。——日光下的小骑士时时更新自己。看看自己的家当，除了几件衣服，就只有这个本子，这支笔。——其实本子和笔都无须带。携大席平铺水面，你抓住地面就可以开始写作。

我记得历史的先辈。在阳光侵蚀的墙角，我满身创痛，坐在破罐和荨麻之中。

啊！还有，我在火红的十月林间与老妇人、小孩子一同狂舞。

上个轮回我是谁？我只在今日找到自己。

（三）

听听迪伦老爷子吧！文学本该如此。我能看见他那忧伤而沉重的眼神。正如注视凯鲁亚克的照片。我凝视他的眼睛，他也凝望我，我们几乎无法承受着全部悲哀。当我们互为镜像，我们无法承受着全部悲哀。对杰克而言，对迪伦而言，悲哀如此美丽。打心底他们就是世间忧伤之人。我已厌倦知识与信息的交流，不如回归不知不识，做神的学生。窗外阳光夺目，还有什么会比夏日云彩流动的车厢旋转的青山隧洞更加真实呢?

火车横过河流。其中布满鲜血与荆棘的心。昨天我们在黑龙滩的小岛上度过了一个晌午。风扇呼呼吹动。茶叶在水中如绿色船只倾覆，我们被顶头的烈日晒得焦麻，躺在小躺椅上大脑一片空白，等待绿豆稀饭、凉拌鸡、空心菜。我们像空心菜一样，把心拿出来空了一空——“将汝心拿来，我给你安。”——汗不停流。

后来休息够了，我们穿过荨麻遍布的山路，一路下山，来到岸边石阶洗脚，小船缓缓划来。划得来不？划来了，带我们过湖。小老虎将手伸进湖中，舀起水，往我手臂上倒流。我们要回大化。其间，看到一个可人的少女静坐在婴儿车旁边。其间，我们盯着一个女孩的屁股看，扭啊扭，不停扭啊扭，“你走前，我走后，看你屁股扭不扭”。她屁股上的两个小口袋颜色很深，远看就像两只转动的眼睛。其间，在大化镇的三岔路口，一位小姑娘躺在地上，头上脸上在流血。货车撞了她。有人说她是个哑巴。有人给她垫上纸壳，有人给她拿扇子扇风。有人问这问那。大家围在一起，把好心全捧出来。同在一片热土之下。——焦灼。救护车还没出现。小姑娘躺在滚烫的路面。表情痛苦。闭着眼睛。

西瓜小贩。杀猪匠。卖汽车配件和卖“披萨”的商家。超市。摩的师傅。在为她熟睡孩子扇风的少妇。骄阳下晒干的香蕉皮。

而现在，夏日的清晨唤醒了花朵、列车、经过的城中那些沉睡的精灵。无数飞奔的车辙碾过群山，穿过绿色阴影。

三、暮霭沉沉楚天阔

（一）

巴东站到了。小站外还隐约可见“雪天路滑，请车辆慢行”的路牌标语。而天空白云层层累积，如过去时光里，你错过的雪花凝聚。不远处，你看见曾在梦中出现的大桥。这并非妄语。昨天去黑龙滩的小岛，也在半山腰见到梦过的山中饭馆。——这些都是梦到以后，你才在梦外见证的。

来到野山关汽车站。现在，你正在大厅里等待去巴东县城的班车。车启动，左拐右拐，太阳招摇过市，清风徐徐，这清凉的高山，仿佛一闯进神秘楚地，你的车就会在这大大小小的山腰山谷山顶无限旋转跳跃下去。

就好比此刻我打完盹儿、睁开眼，发现车儿还在无限疾驰。

三个半小时过去了，车还没到站。我放下手中《吉拉德的幻象》，因为文字在眼前跳动，没法看。侧过头，发现窗外有“麒麟”飞。多么吉祥的神物啊，难道存在于这片密地？夫子知道了都会连连叹息。“凤兮！凤兮！何德之衰？往者不可谏，来者犹可追。已而，已而！今之从政者殆而！”别大惊小怪。其实，这只是一家“麒麟鞭炮专卖”小铺子而已。

（二）

巴东小城确实很小。人烟稀少。不如云阳那么奢靡。多年再次造访，途次早行之客。海儿来消息说：“第一次见到建在山上的城，当时觉得好新奇。”他也来过这里。我坐在阳台上喝茶，看江上慢行船。时间很慢。江面仿佛停止移动。江边的巴东小城就像是一只小鹅卵。多少时光流过去了，卵石中的天鹅至今还在沉睡。它破壳而出的那一天是哪一天呢？今夕何夕？

今天是八月第一天。面包车绕着山路带我回到沿渡河镇。果然老镇已经不在了。缪斯妹妹和小老板的老家也消失灭迹。我曾在新镇喟叹过老镇的哮喘，而新镇也在十多年后成了老镇。这时一个女孩走在我前面，我注视她的后背。我们在长长高高的镇桥上同行。她不时回头看，但沿渡河的守护神，神农氏，并没有像哈得斯惩罚俄耳甫斯那样，把他心爱的欧律狄刻给带回冥府。我还走在她后面。最后也许是坐车离开了，还是怎么，反正她就像缪斯妹妹那样永远消失了。——于我而言。

此地不宜久留。转了两圈都没发现老城的踪迹。哪怕有一个老房子也好啊。——旧粮仓——那个山顶洞叔叔的山间房子——哪儿去啦？这时节，大坝关闸，水并不深，和当年差不多，可老城怎么就夷为了平地？古往今来，巴国祖先、楚国祖先的城是否更难辨认？或许只有大地知道。神农把一切看在眼里，却一语不发。

（三）

可以听见乌鸦声。一位兄弟载着我来到堆子场。面包车上只剩我一位乘客。他一路指给我看岁月的痕迹。在他的“标月指”中，我口中“十多年”逐渐变得具体。“这是我读书的小学。现在都废弃了。”“这儿人少。以前穷，人就跑出去了。

跑到巴东，跑到恩施。跑到武汉。这几年双神线神农溪沿岸旅游带开发，又有人回来修啊修。修了个天翻地覆。”

天翻地覆倒不至于。小骑士并非怀古伤今的假慈悲。

这也是一种创造。不信，那就让我们来证悟一下。

（四）

我一路陌生，闯回记忆闸门，犹如鲤鱼钻进水库闸门。

可以听见乌鸦声。吊桥不在了。我去向老辈子确认，我脚下是否有过一座吊桥？他否认。我去向人确认，这里是否有过一座小学？是否有一家姓肖的人家？是否有过一个肖华，和我年纪一般大？以及一个胖小孩？都被一一否定了。我并没有失落，反而看到，山还是那座山，河还是那条河，于是我下山、蹚水，毫无悬念，又被荨麻刺得哇哇直叫。

以前也是这样。于是马上脱光光，钻进水中。流水模糊眼睛的时候，我终于知道，这还是我的神农溪。

神农正在溪边为我拍照。他停下车，一步一个脚印，走下沿丛林到河里来的台阶。我以为他是对岸的人。没想到，在我游荡的水口停住了。他沉默，到鹅卵石河滩边蹲下来，脱掉衣裤，放下手中装药的袋子，半天才缓缓取出一支烟抽。烟雾涣散河谷。我惊诧得无法说话，只是蛙泳、仰泳。惊跳的鱼儿躲进石缝。于是我借上岸晒太阳的机会，斗胆问询，能否帮我拍张照。他点头了。还请我抽烟。我摆手，冲他嘿嘿笑。他已经拍好几张我的全裸照。因此我继续钻进水中，呼唤他下河入水。清澈的河水可以看见里面卵石五彩缤纷。其中孕育的天鹅在我们踩踏溅水声中纷纷破壳、破世、出山、出水、引吭高歌。

但奇怪的是，神农竟然不会游泳。他说他怕冷。我大笑。不置可否。复又潜到清水中睁眼摸鱼。可没承想，鱼儿刚捉进手——一转身——怕冷的家伙已经爬上山中公路，开车走人。神农啊神农——

合渣饭你都还没吃呢。我一个人吃着粉皮炒肉，喝着茶，观看旧场。认识的老屋都没有了。不认识的老屋依旧鹤发童颜。第一次来堆子的那个中午，肖华的妈妈就是做的合渣饭和炒粉皮。她大概在厨房做饭太热，就赶紧跑到卧室换衣服，门竟然没关严，粉色胸罩映入我的眼帘。她背对我，根本没发现后面屋子有个小孩在偷瞄。我红了脸，继续装模作样在堂屋里吃饭。大口吃饭。当然，这只是思无邪的一个意象。

可能你会问，这些跟我们有什么关系呢？我们通常在思考问题时，都把这样的逻辑理解为现实逻辑。其实在通常、现实的逻辑之外，还有一个“灵性逻辑”。我觉得很多学者、文学评论家的很多理论，在小骑士这样的创作者看来，都不着边际。因为他们试图找到一种思辨、现实的逻辑，来推出诗歌的来龙去脉。殊不知，诗歌恰恰反对这些——它是灵性的。

我在堆子住下来。躺在床上写下这些字。就和当年我躺在堆子小学图书仓库里读书一样。

时光再次重叠。被我铺在床面。实实在在。

（五）

穿上这件龙猫T恤。现在，我是一只龙猫。我走在堆子场。没有龙猫巴士，就步行。一蹦一跳。街边药铺门口一位女孩看到了，一直对着我笑。于是我送给她我从沿渡河中钓来的桃花鱼。她没抓住。我双手空空如也。鱼儿一下就从我们周围的空气中游走了，犹如故人归，如鱼得水，只留下缓缓降落的几瓣桃花。

（六）

“你的记忆和感受只能是你创造性冲动的食粮。至于这世界，当你走出去，它会变成什么样子？无论如何，它将面目全非。”兰波如是说。所以我“反记忆”“反感受”——现在，就在我校订这些在路上写就的行文时，得知济慈也这样说过，并且实践过——精神又相遇了——我走出位于三楼的房间。下楼。走出堂屋门。“反身”可以看到老板娘家大门上贴着一副对联——“既以为人己愈有，既以予人己愈多”——众善之门。

今早从巴东往沿渡河镇行进的车内就有一位信主的老婆婆。她坐在我身边，递给我一份宣传册。还问我们那里有没有教会。我很想给她说我的理想——“厘清自己的内心真实想法。”——我信心——“相信自己的内心召唤。”但我最终没说，只是把画册留在车座。

让需要的人来遇见吧！

阿门。

这会儿我想出去转转，就一口气将堆子场转了两遍。问了很多人十多年前的堆子小学在哪里，他们都忘记了。还是有点失望。——流汗。我抬头才发现，大概在眼前这座楼第五层的位置上——陡峭的山地——有一栋旧房子，两楼一底，阳台处是那种欧式栏杆。我一眼就认出它来——肖华家对面那座楼——而肖华家旁边就是堆子小学。那时——十四年前——之后第二年我才住到沿渡河老镇，遇到小老板和缪斯妹妹——当年，爸爸带的班子住在肖华家，大舅带的班子不久也搬进这栋欧式阳台小楼——当时它已经很破旧了，主人常年不在家。露台上种着生命力旺盛的长仙人掌。楼道堆满苞谷芯。

现在，它离主路竟然这么高！也就是说，我此刻正站在以前的河底，甚至还要往下再挖五层楼高的距离。这与我的记忆大相径庭。

大家说是上游修了几个水库的缘故。下游汇入长江到三峡大坝。沿渡河镇整体搬迁，在水位以下，而堆子场水位较高。但十多年冲刷的河沙呢？应该都可以堆起一座高山了呀！——我猜都挖来修路，建集镇，修电站了——所以堆子才会像一匹骡马一样五脏六腑被掏空。

这条河流——我曾见过它发洪水的样子——在下游镇上我们半夜转移东西，厨房里的水没过膝盖——在上游村里我们左手拿钓竿——把十条蚯蚓串成一团，并不用钩——右手拿盆，下到河边浅水处——可能鱼儿涨水时养料、氧气不足——它们疯狂摄食——你只需要快速提线，就会有无数鱼儿进盆。

这是愿者上钩的真实例子。

（七）

我走出村子。在村口遇到一位老奶奶。她背着背篓，左手拿着扇子，右手拿着一根柴，应该是从路边捡来的。我看着她，点头微笑，她也抬头看我，点头微笑。“我没认出来。”“哦，奶奶，我是重庆的。路过这里。以前小的时候我在这里待过。您记不记得到以前的老小学？有个肖大国您认不认识？”王师父说得对，别欺骗老年人，他们这一生见过无数人，好的坏的一眼就可以看穿，所以你要虔诚。我毕恭毕敬，向她问候问询，她表示也记不清了，十多年变化太快了。“没有关系，我只是顺便问问。”“那你现在去哪儿？”“我去河边转转。”“你从那儿过来的吗？”“我就住在下面的农家院子。”只可惜太阳下巨热，她也有路要赶，不然可以我多问、她多答。“那你不找个车啊？这么热。”“我就去转转。”“那你注意防暑，早点回去。”“谢谢奶奶。”于是我又沿着河边游荡。

再下河去泡会儿呗。这回心里确实有点空荡荡的了——不过也好——越来越放空——缪斯妹妹就来找我——当然是真的缪斯——趁着晒太阳，一口气用手机写了好几首——脖子不知不觉疼了起来——看来没有小时候扛晒呀。

那就起身。沿着神农溪赤脚走，仿佛自己和十二岁的小骑士同行。我现在是何其芳，正在书写我的《画梦录》。多年以后我后悔自己从来没有精力去河滩——这座翡翠、宝石的天然博物馆，惊心动魄的宝山，独自玩个一整天。现在，我完全可以随性而玩物丧志。捡拾河中卵石。玉石一扇坠。走向内心。我捡着“一与丰富”。梦的留存！它们依旧发散着小时候孤独的光芒。

终于玩累了。小骑士沿着石阶爬上河岸，朝镇子的方向走去。希望能搭上一辆车。可是走了半个小时都没有车停下。后来截下一辆摩托，司机笑得很诡异，问我出多少钱。他想宰我。宰我先生听了，会不会生他的气？先生指示：不知来，视诸往。所以，还是回到堆子场吧。

回路慢得多。路遇一位叔叔在路边堰沟烧什么东西。“着火了！着火了！”进小商店买水的时候，两个调皮蛋望着门外，叫了起来。妈妈不相信，他们指给她看。我也看到了。就在前方五十步的路边。走近时，熊熊大火越来越烈，甚至有东西微炸，差点儿蹦到我身上。我怕烧掉不高处的高压线，就赶快低头离开。同时，一个女孩抱着孩子从我身边经过。

最后终于回到堆子。我又绕着集镇散了一圈。走在河边公路上，只见一条大飞毛狗游过河——爬到路上来——它什么都咬——一会儿是草，一会儿是路边的酸奶袋——跑向我了！——我穿着短裤，穿着拖鞋——生怕这疯狗啃我一口——于是我把喝完的可乐瓶扔到远处——它健步如飞——咬破瓶子就急速返回继续朝我跑来——马上就要撞上我了——血盆大口，可以看见獠牙——要下口了——于是我又把手中买的鼻炎药扔出去——又是箭一样冲出去咬瘪，转而冲回来。我急了，呼喊公路对面的爷爷为我赶狗，可情势紧急，猎狗又逮住我手中钱包撕扯，一下就用嘴叼走。嚼啊嚼，我越来越不知所措。身边没有什么可抓了。最后，路边爷爷扔掉一个大石头，才堵住狗子的嘴。我连忙过马路，钻进他家屋子，从屋里后门上到上面的街道。可才走几步，那狗也不知从哪儿上来了。于是我又原路返回，重新走上滨河的那条路。或许是大狗志不在此吧。——有惊无险。

晚上坐在桂花香农家小院里，听老板娘他们谈笑。“马上回来。”来这里纳凉的一位伯伯接家里电话。“那回去不成哟。就在这儿住宿。哈哈！”老板和老板娘在电话外故意开玩笑。这是他们粗粝的笑声。和他们一起，刚吃完饭，我也开怀大笑。挂掉电话，那位伯伯笑着给我指，其实他家就在河对岸。“就是桥头亮灯那家。不到五十米。”沿渡河畅流不息。

清晨躺在床上，太阳挂在对岸高山山顶，强烈的光线照进窗子。不愿起床却一跃而起。——就像羊水中的最初阶段，因缘未定，被命运之手无形一推，小骑士的人生故事便开始了。

（八）

喝口浓茶。老板娘煮好肉丝面。我坐在她家门口两棵大桂花树下就餐。今天早上太阳太烈。两边高山根本挡不住它放射毒箭。老板娘在褪鸡毛。老板在摇石磨磨合渣，他们叫我看着湾里的来车。每天上午从巴东县城到神农架山区只有这一趟。下午那趟来不及，即使赶上了到时候也只能花高价钱住山里。

大概等到九点半，我写下这些字时，车儿终于来了。一路颠颠簸簸。师傅回答我，下午三点返回巴东。他留给我名片，说耽误不得，叫我务必三点前来加油站赶车。

坏就坏在多看了湿地草原上的梅花鹿两眼，我三点十五分才从吹润心底的高山凉风中出来。班车已经走了。六点半的火车根本来不及了。从大九湖下山经下谷镇，再路过堆子，盘旋沿渡河镇至山顶高速路，再下山到巴东县城都得三个多小时。再从巴东城到野山关镇，再坐车去巴东火车站，又得接近四个半小时。而现在已经三点半。于是我只能改签到明早八点。

细细盘算还是很赶。出山已经没有班车。只能一段一段换乘。因此，我开始我的搭车之旅。

（九）

穿过坪阡古镇，我穿着凉拖鞋，顶着烈日，心情正如T恤上的爱哭兔。先沿着蜿蜒曲折的山路徒步了近五公里。渴得、热得实在遭不住，便挥动双臂搭车。我才不会像那些家伙竖起大拇指呢。

好几位司机都摆手。

大概四点半，终于有人停车。不过他说方向不同。

继续吧。

接下来，屡屡碰壁后，我下定决心拦一辆货车。“超载了！我还有个娃儿！你看嘛！”司机对我微笑，旁边坐着他老婆，孩子在她怀中。感谢他的笑容。

后来我便更有勇气了。边走边拦，衣服早已湿透。一个开着面包车的年轻人停下来。他只到板桥村。可好歹也下山了。一路动荡。远处的高山悬崖不言不语，只在我视野里转山转水。当我从迷迷糊糊的小睡中清醒，仿佛自己体会到了杰克书中所写的感受——正坐在开往天国的列车上。无论驾驶座上开车的是谁，或是爸爸，或是弟弟，他们都是来自天国的天使司机。这并非我们文化里认同的晦气话，而是基督文化里面认同的神圣话。至福的。——你昏昏欲睡，以为自己睡在自己的床上，这时你从梦中睁开眼睛，发现自己置身于时速 40 迈的面包车内，窗外是神农架的高耸山野，树林向后移动，你会恍然未明自己身在何处，不由得投眼于眼前左边司机——而他，始终坚定、安然、孤独地注视前路，开着车，直到将车开进他家门口。“从板桥到下谷镇还有七公里。你最好到下谷去赶车。”他不收我钱。我只能真心祝愿这位兄弟。

还是背包走吧。七公里走得快也许要不到一个小时就到了。我刚转过一个山包，就发现一辆卖货的货长安。他说他不到沿渡河。要一路卖货。

又走了十分钟。这位货长安叔叔再次碰到我。“上来！带你一截是一截。”“你可以写个牌子。求带。哈哈！”“我把你带到下谷好赶车的地方。你在那儿等。私家车一般不得停。你也试过了。自驾游的都不愿意。像牌子开头是 7 的你可以随便拦。他们都是巴东的车。”他边说边给我指。“我是巴东的。但我不回去。要一路叫卖，做生意。”我看见他车的货箱里摆满了百货。最后他把我放到下谷镇的加油站。扬长而去。我向他挥手。

再次碰到之前那一家三口。司机鸣笛示意。始终微笑。过路车好多好多。下谷镇太热了。想去问人，想去买水，大街上却根本看不见一个走路的人。他们都在干吗呢？一个个店铺都关着门。硕大的长条锁在烈日下反射刺眼的光线。

继续走吧。下谷下谷，就是神农架的脚底。神农的脚掌。神农溪的上游。我从上游往下走。终于再次拦到一辆车。司机开门，收拾副驾：“太乱了。我是卖麻将机的。下谷一个店铺。沿渡河一个店铺。”他说他是巫山人，来沿渡河七年了。我仔仔细细说明了我的来意、我的去意、我的身份。开诚布公。之前，面对其他人也是如此。所以我能很快解决错过班车的难题。他直接把我带到沿渡河。尽管在路上向我推销某种投资分红电商推销了很久，但我听出来，他也许是被某个混账、糊涂的挚友亲朋洗了脑壳。我只好频频转移话题。问询他的职业。讲述我的沿渡河记忆。他担心我赶不上火车，因为现在已经六点半，到巴东不见得有车，就算有车，去野山关找车也难得很，于是建议我从宜昌走。说有从沿渡河镇直达宜昌的班车。可以帮我问问朋友，这会儿沿渡河去宜昌的车况。我则想先去车站问问看。最后抵达沿渡河镇。我谢过他，留下了他的电话。去问工作人员，已经没有去巴东的车了。只能继续想办法。看来到野山关坐火车真的太费劲。所以我决定，今晚就先住在沿渡河吧。明早坐班车到武汉或巫山或宜昌或重庆。

（十）

现在我坐在河边写下这些字。我看见旧时的石桥已经拆除。老镇已经消失。半被水淹没，半被填平做了高高防护堤。一位老奶奶从我身旁经过。“这下糟了，钥匙搞落了呢。”反复念叨。自言自语。我走过去。“您在哪儿搞丢的呢？”“刚刚就在这个堤坝转了一圈。也没看到掉啊。”“您就在这里转了一圈？”我环视堤坝，足足有五个足球场那么宽。这就是老镇夷为平地的真实落处。其斜坡处有陡峭的石阶，大概五十步，直通往流淌的沿渡河。堤坝很高，建立在原来的老镇之上，如今的新镇最低处，有杂草丛、芦苇丛、砖厂、一个驾校场地、废弃木头、生锈的挖掘机、老旧房屋。我还认出以前老镇的派出所公寓。它没有拆除。“看嘛，我就住在电杆过去那栋老房子里，正对着我们。”奶奶就住在老派出所三楼。那也是我曾经住过的地方。“我帮您找找嘛。我年轻人眼睛尖些。”“那麻烦你了哦。”找了半圈都没找到。“这样。我回去看看。是不是忘魂失落，放岔了。”“也要得。”“让你费心了哦。”“没事。小事情嘛。”奶奶摇着蒲扇匆忙离开。

随后，我沿着石阶来到河里。坐在三叉河谷。这几天上游关闸，水很小、很浅，大部分河床露天，其上全是卵石。我盘腿，坐在大卵石上，不远处，一群大人正带着各自的孩子戏水，色彩缤纷的游泳圈、凉鞋、泳衣呈现眼前。

肚子一直咕咕叫唤。要是以前，十年前，吃饭的时间到了，所有妈妈、奶奶准会站在房子旁边、山腰、风口大喊，生怕全村人听不见——叽叽喳喳尖声叫喊，现在想起来，仿佛家里出了什么急事——可是那时候觉得好正常——你妈会这样喊：“小骑士！小骑士！”——当然一般是你的名字——如果喊半天都没人回应的话，她会直呼其名，才不管你有什么乳名什么“幺儿”“宝贝”呢——声音短促而又悠长——

等你好不容易听到了——从其他院子小伙伴的游戏声里回过神来——你会很不情愿回应:“听到了！哎！紧都喊么子嘛！听到了！”——“不回来屙痢巴子啊！”一般这时候，对方往往已经喊了好几分钟，十分不耐烦了，从腔音中完全可以听出来——“忽闻河东狮子吼，拄杖落地心茫然”——“来了！”——“再不回来，把你屙不成！”——其实你急匆匆回家，也只是吃个饭，或者到地里去掐几片葱叶而已——那种喊话与回应仿佛家里天塌下来了，死人了——不像现在一个手机就搞定——“从前声气大”——

不过，有时，如果你犯错了，就好比我五年级时，和一个女生争论了几句，被惹毛了，就捡起地里的石子扔向她，把她脑壳打了一个眼儿，顿时鲜血直流。幺爸他们听到动静，抱着这个女生到他的诊所给她包扎，还缝了五针——现在想来，自己当时真是太没有教养了——换做如今，对方家长还不得闹起来——之前我有个学生和另一个学生发生了肢体冲突，两方家长都气势汹汹，好几天才平息怒火——我也换位思考过，如果是我的宝贝女儿被一个男孩用石头打伤了头，还缝了五六针我会怎么办？——乡村人都是淳朴的——他们没有找我算账、找我家长算账，那时那个女生卢秋霞的家里并没有找我爸妈——也有可能我妈妈主动上门去道过歉了——我爸爸当时不在家，我幺爸他们帮秋霞治疗直到她好了为止——现在想来，真心对不起我的这位老同学，已经多年没见到了——秋霞，如果你能看到这篇文章，希望你能原谅我，我一直都没有给你以及你的家长说句道歉的话，对不起——

回到当时。我幺爸他们给妈妈说了，不过，这次我妈妈并没有一如往常大声呼唤我回家——她只是拿着棍子在家门口等我——我一回家，就看见她脸色发黑，极度生气——我低头不语，她厉声叫我到堂屋——“跪倒起！”——那是温和的妈妈罕见发怒的时候。

还有一次是夏天中午，妈妈要做饭，使唤我到月亮地下面的田地里去摘几个黄瓜、菜瓜回来炒着吃——那时候，都是吃时令蔬菜——地里正值出什么，就吃什么——其实那时我最讨厌一种菜吃一个月，可是现在——就算给我山珍海味我都不会和你换自家田地里雪天出的白菜、夏天出的黄瓜、雨天冒的蘑菇、河里捉的鱼儿、田里揪的黄鳝——谁用冰箱啊！从来没有冰箱这个概念——新鲜菜叶上还带着白露——烧着灶火，才想到要炒菜了，锅里菜油是自己榨的，菜板上的腊肉是自家喂的猪身上的、而后又用自家山坡上的柏树苗点燃熏出来的，端着瓢就下地了，就着清澈溪水就淘洗了——哪儿来的自来水的概念！——水龙头都没有！只有水缸！那时水缸中的凉水是可以直接喝的，喝了不生病的，就算喂几条鱼进去都可以用来做饭的——可那时我根本不想动，硬要拉着弟弟一起去。因为到月亮地的去路相当于下一座高山，直到小河沟。回路呢，则变成了陡峭的爬山运动。试问有哪个小孩儿愿意大中午顶着个烈日做这事呢？我拉着弟弟去。汗流浃背的我俩终于抱了好几个瓜瓜回家。可是谁都不愿意多出点力。爬上一个小山崖的时候，我俩推卸之际，不小心掉了一个大瓜瓜下去。只见这个五斤重的大菜瓜一路像滚石一样滚落至山崖底部，最后炸裂成渣。随后便是相互埋怨。争着争着，就都纷纷将手中瓜果蔬菜全扔下去了。——这下火了！大路朝天！各自气愤不堪！你走你的阳关道！我过我的独木桥！——毫无疑问，回家等待我俩的并非安慰——这会有哪门子的安慰！——肯定是棍棒——邻居二伯他们在门口摆桌子吃午饭时，早就看到我和弟弟的所有剧情——“你俩个呀！回去糟了！冉铁匠不打死你们！”他们大笑的脸，与我、弟弟互相赌气的脸彼此映衬——“你俩在路上踩蚂蚁哈。结个瓜瓜结三个小时，你看都几点了！瓜呢？你俩结的瓜呢？”——“跪倒起！”

月亮早早升起来了。河岸还有些残墙，里面门窗乍现。肚子独自鸣叫。就着满眼风波，天幕垂落，宽阔的三叉河床里清澈流水持续不停，白色卵石如同静立的群羊在月光下安然回家。而我此刻最关心的仍然是缪斯妹妹、小老板。“良知即是独知时，此知之外更无知。”

此刻，你们在做什么呢？

四、女巫浇酒云满空

终于回到高寺山。提西瓜下到柏树梁，依次拜访每一户亲人。看了看垮掉的老屋，还有爷爷的坟墓。由于没带香火，就没去他墓前祭扫。

夜坐不能寐，起坐写诗歌。普希金说，诗还是要写得笨拙一点好。笨拙允许犯错，充满神秘与期待。“我错故我在。”

第二天一大早，一只麻雀就飞进我们的屋子。我用手托着它，它不肯飞走。有诗为证：

鸟儿

鸟儿，你是哪位老人家？

清晨就往我们屋里扑。

你还年轻，却像先人一样老成。

我捧起你，望你飞远，

可你还是飞进我们的陋室。
不是你熟悉这里是什么？

你微闭眼，痴痴停在冰箱上，
注视我们谈笑、吃饭。
我用拇指托着你，
当一截树枝，搭你到顶楼
任你往生，往未来滑翔而去。

爸爸说："是爷爷哦，昨天都下去了，你不去给爷爷烧点纸。"

我说："我要烧的。昨天没拿香嘛。"

以前爷爷住在下面的老屋，我一回家就会去看他。每次听说我要回家，他都会到公路上徘徊，等待很久很久。而等到了也不一定会说什么话。每次他都要给我煮饺子吃。老了，痴呆了，神志恍惚了，煮不好了，他也心心念念。

现在他不住老屋了，住在地里了，我也得去看他啊。

夜深了，我准备下去，但太晚，奶奶叫我在侧边朝着他的方向敬香、烧纸。

于是我就和小老虎一起烧。纸钱在火中燃起来，随风飘飞。

“事死如事生，礼也。”

“天地者，生之本也。先祖者，类之本也。”

“上事天，下事地，尊先祖。”

这就是我的“清庙”。回荡着祖先祭祀歌咏的声音。这个庙不在于具体的形式。“祭如在，祭神如神在。”它在我们每个人心里。

——“无违。”

此刻，祖父先生已孤立于尘世之上，对人世间的悲欢离合不再关心，他人也无从探入他此刻的内心世界。就像给井上靖先生《我的母亲手记》写序言的那位先生所说，仿佛抵达太阳系边缘的星船，无法接收传送任何可辨识的信号，爷爷成了永恒的神秘本身。写作者就是要直面和凝视生命那壮观的神秘。事物自身尽管不可知，但可以捕捉如幻的意象，呈现可能的真实。

唯有以平静的凝视之眼，揭开“不可知”的封印，穿过遗忘的荒烟蔓草，直探生之秘境。德尔斐神谕“认识你自己”声声召唤小骑士。

缅怀祖先就是清庙。不在于我们要建成什么，而在于我们心里有什么——那个家就在这里。

杰克在他的《萨克斯医生》中提到一座城堡。

何其芳先生也在他的《画梦录》里提到一座城堡。

或许这就是他们心目中的“清庙”，承载童年永恒记忆的神秘之地。就像一座永不倒塌的圣城，不一定很大、很富丽，却住着从小到大想见过的所有亲人。“王者有改制之名，无易道之实。”因此，人性千差万别，但不能有坏死之心。如果不能回到孩子式的天真，又何必在大地上行走呢？

爬山虎骑士在灵性世界醉着、醒着、写作着、流浪着、生活着、四顾茫然着、在偶雨时欢欣若狂着。悲伤与幸福像光线一样将我心照彻。直到夜色降临。星星弥漫。酒香四溢。